contents

최강 직업《용기사》에서 초급 직업《운반꾼》이 되었는데, 어째서인지 용사들이 의지합니다

일러스트 이즈미 사이

아마우이 시로이치

악셀 그란츠
전직 《용기사》, 현직 《운반꾼》 청년. 마왕대전의 영웅.
여러 용사 파티에 소속되어 있었다.

바젤리아 하이드란티아
작렬하는 화염을 관장하는 용왕 소녀.
보통은 인간형으로 변신해서 지낸다.
악셀을 주인으로 삼고 따르고 있다.

팡
성검의 용사 겸 마왕대전의 영웅.
악셀을 존경하고 있다. 용사 파티 시절의 동료.

마리온 후베루주
초일류 운반꾼인 《공의비각(公儀飛脚)》.
왕도 12길드의 하나인 【사지타리우스】의
길드 마스터.

코하쿠 위러
【사지타리우스】의 멤버중 한 사람.
상위직업인 《우편 배달부(포스트 마에스트로)》

도르트 카우만
대전 시절에는 무투파 상인이라 칭송받던 노신사.
왕도 12길드 중 하나인 【제미니아】의 서브 마스터.

c h a r a c t e r

커버 그림, 본문 일러스트 | **이즈미 사이**

프롤로그 ◆ 용기사 졸업! 최강의 초보자 탄생!

"악셀 그란츠 님. 정말…… 정말 죄송합니다만…… 오늘부로 당신은 초급 직업 《운반꾼》이 되셨습니다."

전직 신전에서 나는 전직의 신을 모시는 무녀에게서 그런 말을 들었다.

"초급 직업 《운반꾼》이라."

"네! 전직의 신께서는 악셀 님에게서 《운반꾼》이라는 적성을 찾아내셨습니다. 직업이 수천 개나 있는데…… 정말 죄송합니다."

전직 업무를 행하는 무녀인 그녀의 얼굴에 땀이 흥건한 것이 몹시 괴로워 보였다.

"알았어, 알았어. 사과할 필요는 없잖아. 전직 업무 봐줘서 고마워. 전직의 무녀 씨."

이런 식으로 가볍게 대답했더니, 무녀는 놀란 표정으로 나를 쳐다보았다.

"악셀 님은 당황하시지 않네요. 최상급 직업 《용기사》에서 말도 안 되게 랭크다운 하셨는데도……."

"뭐, 미련은 없으니까. 오히려 후련해. 드디어 이 『용기사왕의 투구』를 벗을 수 있을 테니 말이야."

그렇게 말하면서 나는 머리에 쓰고 있던 투구를 벗었다.

검은색과 은색으로 칠해진 중후한 투구다.

"후――, 머리가 가벼워. 몇 년 만에 벗은 건지."

내가 머리를 바르르 흔들고 있으니, 무녀는 내가 들고 있는 투구를 바라보았다.

"설마 정말로 최상급 직업인 《용기사》직을 버리실 줄은……. 《용기사》에서 《운반꾼》이 된 사람은 당신뿐입니다, 악셀 님."

"그런가?"

"네. 본래대로라면 조금씩 직업을 랭크업 하는 것이 보통이니까요. 애초에 《용기사》를 관장하는 용신 님을 때려 눕혀 버려서 《용기사》직을 계속할 수 없게 되는 일 자체가 전대미문입니다만……."

나는 그녀의 말에 쓴웃음 지었다.

"어쩔 수가 없잖아, 마왕을 혼내줄 때 필요했으니까. 덕분에 용신이 『너, 이제 내 힘을 뛰어넘었으니까, 《용기사》졸업이다! 1달 내로 그만둬 줘!』라고 울면서 말하길래, 이번에 전직하게 됐어."

직업이라는 것은 신으로부터 부여받은 재능의 한 종류이며 그 재능에 따라서 단련을 쌓는 것으로 각각 스킬을 습득하는 것이 가능하다.

일정한 나이가 되면 신전을 통해서 전직의 신으로부터 그 사람에게 제일 적성이 맞는 직업이 주어진다. 직업의 수는 수천 가지

정도가 아니라 수만에 달한다고 한다.

그렇지만 이번에 그 근본인 신을 때려 눕혀 버렸기 때문에 이 직업을 계속할 수 없게 되었다. 덕분에 나는 이렇게 전직 신전에 방문한 것이다.

"그건 암암리에 '추방'이라고 하는 말을 돌려 말한 것 같은데요. 어째서 신을 때리셨나요……?"

"그러니까 불가항력이었다니까. 그래도 뭐,《용기사》라는 직업도 억지로 하게 된 셈이니까 딱히 미련도 없고, 괜찮아."

"……소문으로는 왕가가 가지고 있다는 고대의 비보——『용기사왕의 투구』를 사용해서 갑자기 《용기사》가 되셨다지요?"

"그래 그래. 이 투구야. 진짜 무겁고 앞은 잘 안 보이고 정말 큰일이었지. 용기사를 관둘 때까지 벗을 수도 없고. 다른 사람들을 만나러 가는 것도 싫어지는 레벨이었으니까."

"그, 그 정도였나요……."

"청정화 마법이 걸려있어서 청결을 유지할 수 있었던 게 위안이었지. 뭐 그런 투구와도,《용기사》랑도 모두 작별이다. ……그래서,《운반꾼》이라고 했던가?"

그렇게 말한 순간, 무녀의 표정이 다시 어두워졌다.

"이봐, 왜 그런 표정을 짓는 거야. 그렇게 쓸모없는 《직업》이야, 이거?"

나는 태어나서 쭉 용기사였기 때문에 다른 직업은 잘 몰랐다.

"아, 아니요…… 쓸모없다고 할까, 장점이 없는 건 아니지만 단점이 너무 커서요."

"그래? 장점은 뭔데?"

"장점은 마을에서 물자 운송이나, 모험자나 용병을 지원하는 스킬을 얻을 수 있다는 점입니다."

"흐음, 재미있을 것 같네……. 스킬은 어때?"

그러자 무녀는 눈을 크게 뜨더니 곧장 뒤에 있던 책상을 향해 돌아섰다.

나무로 만들어진 커다란 책상 위에는 종이가 한 장이 놓여 있었다.

"아, 죄송합니다! 방금 전직의 신님께서 스킬표를 보내주셔서, 지금 건네드리겠습니다……!"

"아아, 그게 스킬표야? 어디 보자……."

나는 무녀에게서 스킬표를 받아 들었다.

- **레벨 1 스킬【운송주머니】**
- **레벨 2 스킬【미취득】**

이 아래로도 레벨 3, 레벨 4 하며 번호가 이어지고 있었는데, 있는 거라고는 하나같이 '미취득'이라는 글자뿐이었다.

"흐음, 스킬이 텅텅 비었네."

"네……. 방금 전직하시면서 레벨도 1이 되셨기 때문에 초급 직업인 《운반꾼》의 스킬도 기본 스킬밖에 없습니다."

"아하, 그렇군. 그럼 이 레벨 1 스킬인 【운송주머니】는──."

말을 마치기도 전에 손 안에 배낭이 나타났다.

"──이건가?"

"네, 그게 바로 스킬 【운송주머니】입니다. 그 주머니는 이차원 구조로 되어 있기 때문에 겉보기보다 많이 들어갑니다. 이전에 신전소속의 《운반꾼》이 가방에 물을 넣어 측정해본 적이 있었는데, 겉보기의 10배 이상 들어갔다고 합니다."

"오오. 레벨 1인데도 그 정도라니, 편리하잖아? 용기사 스킬보다 훨씬 일상에 도움이 되겠어. 게다가 레벨이 오를 때마다 스킬도 늘어나지?"

"그렇습니다. 그리고 《운반꾼》은 초급 직업이기 때문에 레벨도 그만큼 올리기 쉽지요."

"과연, 스킬을 새로 얻는 것도 그다지 어렵지 않다는 건가. ……들은 것만 봐서는 꽤나 좋은 직업인데?"

대체 이것을 뛰어넘는 단점이 뭐냐고 물었더니 그녀는 얼굴을 숙이고는 한 마디 한 마디 무거운 목소리로 말했다.

"……말씀대로 편리한 스킬을 많이 가지고 있습니다만, 직업의 특성이라고 할까, 단점이 있습니다. 모험하는 사람들을 서포트하는 직업이라 스킬이 편리한 대신 능력치가 매우 낮습니다. 이 직업을 가진 분은 혼자서 모험을 하는 것도 뜻대로 되지 않을 정도로……."

"그렇게 풀이 죽을 만큼 낮아?"

"네. 샘플로 신전소속의 《운반꾼》인 콜트 진의 스테이터스를 보여드리겠습니다."

"어? 다른 사람의 스테이터스를 보는 것은 매너 위반 아닌가?"

"전직하시는 분들에게 설명할 때는 전직의 신전에 소속된 사람들에 한해서 스테이터스를 보여드릴 수 있습니다."

무녀는 그렇게 말하면서 뒤에 있던 책상으로 얼굴을 향했다.

"이것이 지난 10년간, 《운반꾼》으로서 단련해 온 사람의 스테이터스입니다."

그녀는 책상에 있는 작은 서랍장에서 서류 한 장을 꺼내더니 나에게 건네주었다.

●콜트 진 《운반꾼》 레벨 40

근력	I
마력	K
체력	J
속력	J
상태이상내성	K
행운력	K

한 사람의 스테이터스가, 빠짐없이 적혀 있다.

"오오, 이건……! 생각 이상으로 낮군……."

"네, 대부분이 최하위 등급인 K인데다 오른다고 해도 2단계 정도가 한계입니다. 같은 초급 직업인 《마을 사람》이라 해도 G, 《모험가》라면 E~D는 된다는 걸 생각하면 몹시 낮은 수치이죠."

"그렇구나. 이래서는 혼자서 모험하기도 힘들겠네. ⋯⋯그러고 보니 내 스테이터스는?"

"지금 악셀 님의 스테이터스도 신께 받고 있는 중입니다. 슬슬 올 거라 생각합니다만──."

그녀의 말과 동시에, 나무 책상 위쪽에서 빛이 나기 시작했다.

그리고 빛 사이로 팔랑, 하고 종이 한 장이 하늘에서 내려왔다.

"──왔네요."

"⋯⋯방금 스킬표도 그렇고, 스테이터스는 그렇게 오는구나."

"이 책상은 전직의 신님의 자리와 이어져 있으니까요. 이것이 악셀 님의 스테이터스 표입니다. 잘 간직해 주시기 바랍니다."

무녀의 말을 들으며 건네받은 종이에는 틀림없는 내 이름이 기재되어 있었다.

● 악셀 그란츠 《운반꾼》

근력	○
마력	○
체력	○
속력	○
상태이상내성	○
행운력	E

스킬 : 운송주머니

기묘하게도 내 스테이터스 표는 대부분이 하얀 동그라미였다.

"저기, 무녀 씨, 스테이터스가 보이지 않는데, 이게 어떻게 된 거지?"

그렇게 말하며 그녀에게 스테이터스표를 보여주자, 그녀 또한 당황한 표정을 보였다.

"네……? 어라, 정말이네요. 어, 어찌 된 일일까요. 이건…….."

"으음, 무녀도 모르는 일인가?"

"아, 네. 지금까지 이런 적은 한 번도 없었는데……. 악셀 님의 전직이 전대미문이라서 전직의 신께서도 실수하신 걸까요……?"

당황한 표정을 짓고 있던 무녀는 곧 생각을 떨쳐내듯 고개를 저었다.

"지금 전직의 신께 물어보겠습니다. 새로 스테이터스가 나오면 악셀 님의 자택으로 보내드리면 될까요?"

"그럴까. 그러면 나는 근처에 있는 도시에서 기다리고 있을게. 거기에 살고 있거든."

"아아, 네! 오늘이나 내일 중으로 받으실 수 있을 테니 서둘러서 보내겠습니다!"

"아니 뭐, 돈은 그럭저럭 있으니까 급하게 일 할 필요는 없거든. 그러니까 신중하게 해 줘. 그 뒤에 일거리를 받아서 여행을 떠낼 생각이니."

마왕을 퇴치하고 받은 포상금도 남아있고, 아직 자금에 여유는 있다.

그러자 무녀는 마음을 놓았는지 살짝 숨을 토했다.

"아, 알겠습니다. 감사합니다……."

"아니 아니, 나야말로 신경 써 줘서 고마워. ──그나저나 다른 스테이터스는 가려져 있어서 잘 모르겠지만, 행운력 E는 꽤 괜찮은 편이 아닐까?"

본래는 J나 K가 있어야 할 곳에 E가 있다. 이건 꽤 운이 좋은 거 아닌가?

"그렇지만…… 용기사시절의 악셀 님은 전부 S랭크지 않았습니까. 그렇게 훌륭했는데…… 악셀 님은 너무 긍정적이신 것 같아요……."

무녀는 슬픈 표정으로 그렇게 말했다.

어째서 이 아이가 용기사였던 나보다 미련을 가지고 있을까 생각하면서 무심코 쓴웃음을 지었다.

"뭐, 옛날 일을 신경 쓰고 있어도 어쩔 수가 없잖아. 게다가 이 직업은 그렇게 싸울 필요도 없고. 전투를 싫어하지는 않지만, 좋아하지도 않아. 조용히 살 수 있으면 그게 가장 좋다고 생각하고. 그러니까 무녀인 네가 그렇게 슬픈 표정을 지을 필요는 없어."

"그렇습니까……."

내 말에 안심했는지, 무녀의 표정이 조금은 온화해졌다.

이 전직은 내 문제이므로 그녀가 신경 쓸 필요는 없다. 이것으로 충분하다.

"……그럼, 전직도 끝났고 나는 이만 새로운 기분을 가지고 마을로 돌아갈게."

"아, 네! 마차를 불러 드릴까요?"

이 전직의 신전과 마을 사이에는 초원이 자리잡고 있다.

마을까지 걸어가면 수십 분은 걸리겠지만, 걸어서 돌아갈 수 없는 거리는 아니었다. 그래서 나는 고개를 좌우로 저으며 사양했다.

"거기까지 신경 써주지 않아도 괜찮다니까. 게다가 같이 갈 사람도 있고."

"같이 갈 사람이요?"

나는 고개를 갸웃하는 무녀를 뒤로하고 신전의 문을 향했다.

그리고 신전에서 한 걸음 나오자마자 하늘을 향해 소리쳤다.

"끝났어―― 바젤리아."

몇 초 뒤.

『기다리고 있었어, 주인……!』

금색과 붉은색이 어우러진 비늘을 가진 용이 하늘에서 내려왔다.

보석 같은 빨간 눈을 가진 용을 본 무녀는 내 뒤에서 입을 벌리고 멍하니 서 있었다.

"이분이 악셀 님께서 용기사 시절에 타고 다니셨다는 여용왕입니까?"

"용왕이라고는 해도 아직 어린아이이지만……. 그럼 나는 이만 돌아갈게. 나중에 또 보자고 무녀 씨. 스테이터스 표, 기다리고 있을게."

"아, 네! 조만간 다시 봬요!"

악셀은 고개를 끄덕여서 대답했다.

"자 그럼, 가자 바젤리아."

『알았어!』

나는 그녀와 함께 마을을 향해 걸어가기 시작했다.

걸어가면서 방금 받은 스킬표에 적혀 있는 새로운《직업》을 확인했다.

'운반꾼'이라……. 이런 초급 직업은 처음이란 말이지. 단점이 큰 게 흠이지만, 어떤 스킬이 생길지 기대되는군.

그런 생각을 하면서, 나는 파트너 용왕과 함께 집으로 향했다.

악셀을 배웅하고 난 몇 시간 뒤.

"드, 드디어 악셀 님의 스테이터스 표의 계시가 나왔군요……!"

전직의 무녀는 신의 자리와 이어져 있는 책상의 위에 종이뭉치가 놓여 있는 것을 발견했다.

종이뭉치의 표지에는『악셀 그란츠 스테이터스 정정서』라고 적혀 있었다. 그리고 '미안! 아까 보낸 스테이터스는 가짜야! 너무 이상해서 그냥 대충 했거든! 이게 진짜야!'라는 문장도 덧붙여 있었다.

지금까지 이런 일은 없었는데…….

전직의 신께서도 실수할 때도 있구나 생각하면서, 전직의 무녀는 2페이지를 펼쳐 보았다. 거기에는 악셀의 진짜 스테이터스가 기록되어 있었다.

"……이건……?!"

전직을 거치면 레벨에 따라 능력치도 낮아진다.

그리고 《운반꾼》이라는 직업은 대량의 물건을 옮길 수 있는 대신, 다른 직업에비해 능력치가 이상할 만큼 낮은 게 특징.

"능력치가 전부 S랭크 그대로……?!"

용기사를 《졸업》한 그의 능력치는 전과 똑같이 그대로 남아 있었다.

"……전직의 신이시여……. 정말로 그를 전직 시켜도 괜찮았던 걸까요. 터무니없는 능력치의 초급 직업을 가진 사람이 되어버렸습니다만…….”

● **악셀 그란츠 (정정)**
《용기사》 →졸업→ 《운반꾼》 레벨1

근력	S
마력	S
체력	SS
속력	SS
상태이상내성	S

행운력   EX
스킬 : 운송주머니

최강 직업〈용기사〉에서 초급 직업〈운반꾼〉이 되었는데,
어째서인지 용사들이
의지합니다

제1장 ◆ 초보《운반꾼》급속 성장

　전직 신전에서 집이 있는『별의 도시(星都)』크레이트까지 걷기를 수십 분.

　두 사람은 이미 마을 근처까지 도착해 있었다.

　『주인~. 슬슬 사람으로 변신할래~.』

　용의 모습으로 내 옆에서 걷고 있던 바젤리아가 그렇게 말하며 걸음을 멈췄다.

　직후 그녀의 몸에서 금빛과 붉은빛이 뿜어져 나오기 시작했다.

　"후—— 변신 완료."

　빛이 사라지자 얼굴에 용의 뿔이 달린 붉은 머리의 소녀가 나타났다.

　용왕 바젤리아가 사람으로 변신한 모습이다. 그녀는 풍만한 가슴을 자랑이라도 하듯 쭉 기지개를 켰다.

　"하아~, 역시 이 모습이 걷기 편해."

　"그렇게 힘들면 처음부터 사람의 모습으로 왔으면 됐잖아."

　"으음, 그렇지만 주인이 용기사를 졸업하는 날이니까 용의 모습으로 진지하게 임하고 싶었어. 게다가 사람의 모습으로는 주인의 짐을 옮기기도 힘들잖아? 나는 주인을 도와주고 싶어."

바젤리아는 걸으면서 한쪽 팔로 안고 있는 검과 창을 보여줬다.

내가 용기사 시절에 쓰던 무기다. 지금은 용기사 갑옷을 입고 있는 것도 아니라서 바젤리아에게 맡겨두었다.

용 모습일 때의 그녀에게 매어 두는 건 용기사 시절의 습관이기도 하지만.

"그래서 주인이 가지고 있던 창이랑 검은 어떻게 할까? 내가 들고 가면 돼?"

"아니, 이리 줘봐. 마침 【운송주머니】라는 스킬을 배운 참이니 넣어보자."

지금의 나는 용기사가 아니라 《운반꾼》이다. 그렇다면 《운반꾼》의 장비를 써야지 않겠는가. 나는 매고 있던 배낭을 풀어서 손에 들고 그렇게 말했다.

"음, 이 무기 이렇게 큰데 그 《운반꾼》 가방에 들어갈까?"

그녀가 얼굴을 갸웃거리며 말했다.

바젤리아의 말 대로 '검'은 도신만 해도 1미터가 넘고, '창'은 내 키보다도 훨씬 길었다.

그것이 기껏해야 한 아름 정도 크기인 운송주머니에 들어갈지 나조차도 의심스러웠다.

"해보면 알겠지."

나는 배낭을 열고 검과 창을 넣었다. 그러자.

"_____."

커다란 검과 창이 눈 깜짝할 새에 빨려 들어가듯 운송주머니 안으로 들어갔다.

"우와, 진짜 들어갔어!"

바젤리아가 눈을 크게 뜨고 놀라 소리쳤다. 운송주머니 안에 무기를 넣은 나 역시 마찬가지였다.

"겉보기엔 평범한 배낭인데 말이야……. 이것이 【운송주머니】 스킬의 힘인가."

배낭을 열어보자 새까만 공간에 검과 창의 손잡이가 조금 튀어 나와 있을 뿐이었다. 완전한 이차원 공간이다. 무게도 전혀 느껴지지 않았다.

"도저히 들어갈 크기가 아니었는데 들어갔어! 이런 스킬을 마음껏 사용할 수 있다니 정말 대단해!"

바젤리아는 즐거운 듯이 손뼉을 쳤다.

이 운송주머니의 힘은 나에게도 충분히 매력적이었다. 다만.

"말은 마음대로라고는 하지만, 무녀의 말로는 주머니에 들어가는 양에 상한선이 있는 모양이니 주의해야지."

"그래?"

"응. 나도 사용법을 다 아는 건 아니니까."

집에 도착하면 무엇이 얼마나 들어가는지 조사해봐야지 같은 생각을 하고 있자, "……어라?" 하고 바젤리아가 다시 고개를 갸웃거렸다.

"주인, 주머니가 빛나고 있어."

"어? 정말이네."

뭐지? 하고 주머니 속에서 원인을 꺼내들었더니 끌려나온 것은 스킬표였다. 스테이터스 표는 신전에 두고 왔지만 스킬표는 받아 주머니에 넣어두었다. 용기사 시절에도 몇 번인가 본적이 있는 빛이었다.

"이건…… 설마……?"

중얼거리면서 접어두었던 종이를 펼친 순간 스킬표가 반짝이며 하얀 문자가 나타났다.

【규정 거리 이동 완료 조건달성──《운반꾼》 레벨업!】

"역시."

예상대로 레벨업이 있을 때 나오는 빛이었다.

용기사 시절에도 몇 번인가 본 적이 있었지만, 설마 운반꾼이 되고 나서 이렇게 빨리 볼 줄은 몰랐다.

"우와, 주인 벌써《운반꾼》 레벨업 한거야?!"

"그런가 봐."

스킬표를 읽으면서 고개를 끄덕이자, 바젤리아가 기쁜 듯이 내 어깨에 매달렸다.

"와아! 이렇게 금방《운반꾼》으로서 성장하다니 역시 주인이네!"

"아니, 조금 산책했을 뿐인데……. 빠르다는 이야기는 들었지만 생각 이상으로 빠르군."

스킬표에 따르자면 아무래도 일정 거리를 이동하는 것이 레벨업의 조건인 모양이다.

레벨업 조건은 각 직업의 각 레벨마다 다르지만…….

예를 들어 용기사 레벨을 1에서 2로 올리기 위해서는 규정된 중량·크기 이상의 마수를 백 마리 쓰러트려야 한다.

최상급 직업답게 레벨 1부터 꽤 어려운 조건이 나왔던 것과 비교하면 이 초급 직업의 레벨업 조건은 말도 안 되게 쉬웠다.

"정해진 거리를 이동하는 것 뿐이라니, 이건 너무 쉬운데……."

처음부터 레벨업이 힘들면 초급이라 할 수 없을 테니 당연하다면 당연하지만, 이건 예상을 뛰어넘었다.

무녀도 쉬울 거라 말했지만 아무리 그래도 이정도일 줄이야.

레벨업의 조건은 좀처럼 변하는 일이 없다.

용기사도 레벨 2에서 3으로 올릴 때 같은 조건에 숫자만 150마리로 바뀌었을 뿐이었다.

다시 말해 나는 잠깐씩 산책하는 것만으로 《운반꾼》의 레벨을 올릴 수 있을지도 모른다는 뜻이었다.

"──참, 레벨 2가 됐으니까 스킬도 새로 생겼겠구나."

스킬표를 확인하니, 레벨 2 옆에 적혀있던【미취득】이 사라지고 다른 글자가 쓰여 있었다.

"【운송주머니 단계 2】…… 운송주머니의 강화판인가?"라고 중얼거린 순간.

"────."

레벨 2 스킬이 적힌 곳 밑에 작은 문자가 생겨났다. 스킬을 새로 취득했을 때 나타나는 신의 부연 설명이다. 설명은 단 한 줄.

『운송주머니 단계 2 효과—— 운송주머니 용량 100%확장』이라고만 적혀있었다.

"과연. 단순히 말해 2배 넣을 수 있게 됐다는 건가."

전직의 무녀가 운송주머니는 겉보기의 수십 배는 들어간다고 했는데, 그것이 한층 더 늘어나 2배가 되었다는 의미다. 이전보다 더욱 많은 것을 넣을 수 있으리라.

그런 배낭과 내 얼굴을 보고, 바젤리아는 기쁜 듯 미소지었다.

"용기사를 그만뒀는데도 주인은 대단하네. 전직한지 몇 분 만에 이만큼 성장하다니——!"

"정작《운반꾼》다운 일은 아무것도 안 했지만 말이지……. 뭐, 운송주머니가 한층 더 편리해진 건 좋지만."

앞으로도 레벨을 올릴 때마다 스킬이 늘어날 텐데, 이런 걸로 매번 기뻐하는 건 좀 이상하지 않을까.

"——그래도 스킬이 더욱 늘어날 생각을 하니 기대가 되네. 이 기세로 더욱 레벨을 올려 볼까. 일단은 오늘은 산책한다는 느낌으로."

"응, 알았어. 나도 도와주고 싶으니까 뭐라도 도울 게 있으면 말해줘. 주인!"

나는 그 뒤로《운반꾼》의 경험치를 모으기 위해 용왕과 함께 산책을 다녔다.

산책을 마치고 집으로 돌아온 뒤 나는 곧장 【운송주머니】의 용량 확인 작업에 착수했다.

먼저 창고의 물품을 가방에 넣어보았다.

『별의 도시』 크레이트에 있는 우리 집은 나무로 지은 2층집으로 꽤 넓은 편이다.

마왕을 퇴치하고 임금님께 상으로 받은 집인데, 수도(水道)를 포함하여 시설도 최신이고 가구까지 갖춰져 있었다.

나는 이 넓은 집의 2층을 창고로 사용하고 있었는데, 용기사 시절에 사용하던 포션이나 약품까지 전부 보관하고 있었기 때문에 물건이 많은 편이었다.

"전부 들어가네, 이거."

2층에 있던 아이템 전부가 운송주머니에 들어갔다.

집에 있는 물건을 이것저것 넣어 확인해 볼 심산이었는데, 창고를 전부 집어넣어도 여유가 있었던 것이다.

"주인—— 이제 2층에는 넣을만한 게 없어~. 남은 건 내가 집안일 할 때 입는 메이드복 정도이려나."

"바젤리아, 그건 또 언제 산거야? ……이런 식으로는 끝이 없겠군. 방법을 바꿀까."

"다른 방법?"

"그래, 아까 무녀가 말해준 게 있거든. 욕실에서 물을 넣어보자."

나는 우선 배낭에 물을 채우기 위해 다시 가방을 전부 비워낸 뒤, 1층에 있는 욕실에서 가방에 물을 넣기 시작했다.

"이거······."

몇 분 뒤, 우리는 실험 결과에 아연하고 있었다.

"끝도 없이 들어가네, 주인······."

"그러네. 욕조를 5번이나 가득 채울 만큼 물이 들어갈 줄이야. 용량이 엄청나네."

상상 이상으로 대용량이었다.

겨우 배낭에서 물이 넘치기 시작했을 때는 '그래, 아무리 운송 주머니라고 해도 무한히 들어가진 않겠지.' 하고 안심했을 정도다.

그 외에도 여러 가지 실험한 결과, 가방에 물을 넣은 채로 다른 물건을 넣어도 젖지 않는 것과, 가방 안에 물을 다시 빼내도 물이 깨끗한 상태라는 것을 알아냈다. 아무래도 뭘 집어넣든 가방 안에서 물건끼리 간섭하는 일은 없는 모양이다.

빼낸 물을 다시 마셔도 될지는 모르겠지만, 아마 보존용기를 사용한다면 위생 문제는 없을 것 같다.

덤으로, 가방의 무게는 내용물과는 상관이 없는 모양이었다.

"이 정도면 몇 주 분량의 물이나 식재료를 한꺼번에 넣을 수도 있겠는데."

"주인의 스킬, 엄청 편리하네!"

"그래, 능력치가 낮다는 단점을 채우고도 남는 수준이야."

아쉬운 점이 있다면 주머니 안이 상온이라 그런지 차가운 물을 넣어도 시간이 지남에 따라 미지근해진다는 점일까.

그러나 이 용량 앞에서는 사소한 문제였다.

31

지금도 가방에서 끝없이 빠져나오는 물을 욕조에 흘려보면서 대용량의 위력을 실감하고 있었다.

"저기, 주인. 다음에는 이것도 넣어보자——. 어? 주인, 책상 위에 올려뒀던 스킬표가 빛나고 있어!"

"엥, 또?"

그녀의 말에 고개를 들어 보자 거실 책상 위에 둔 스킬표가 빛나고 있었다.

【규정 거리 이동 완료 조건달성——《운반꾼》레벨업!】

역시나 레벨업이었다.

"이것 참. 산책 좀 하고 1, 2층 오르내린 걸로 레벨이 오른 건가."

"이야,《운반꾼》의 성장 속도가 터무니없네, 주인. 어쩌면 천직이 아닐까?"

"전혀 일하지 않았는데 천직이라고 하는 건 조금 이상하지 않아? 아니 뭐, 하늘로부터 받은 직업이 맞긴 하지만."

그런 이야기를 하면서 나는 스킬표를 확인했다.

아직【미취득】이라고 적힌 항목이 잔득 있었지 하며 표를 확인하니, 역시 새로운 스킬이 늘어나 있었다.

【운송주머니 단계 3 내부 100%확장 내화(耐火)ㆍ보냉ㆍ보온 기능 추가】

"아까 생각했던 아쉬운 점이 사라졌네."

그리고 용량이 또 늘어났다.

레벨업 하기 전에 조사해서 다행이다.

어쨌든, 용량이 또 두 배로 늘어났으므로 물이나 식료품을 한 달 분량은 넣을 수 있게 되었다. 게다가 보냉·보온 기능이 생겼으니 날것이나 따뜻한 물건을 넣을 수 있을지도 모른다.

"더욱 여행하기 쉬워졌네."

"여행…… 여행인가, 괜찮네! 나, 주인한테 이때까지 신세만 졌으니까, 반대로 주인을 돌봐주면서 여행하고 싶어! 그러려고 집 안일도 배웠고!"

"요리는 일절 나한테 맡겼지만 말이지."

"그, 그건, 이제부터 배우면 돼! 주인의 실력만큼 따라가는 건 힘들겠지만, 잘 할 수 있을 때까지 기다려 줘, 주인!"

"그래 그래, 기대하고 있을게."

나는 바젤리아와 이야기하면서, 한나절 동안 운송주머니를 조사했다.

그 결과, 따뜻한 것을 넣으면 꺼낼 때까지 따듯함이 유지된다는 것과, 불이 붙은 숯을 넣어도 그대로 다시 꺼낼 수 있어서 불씨도 들고 다닐 수 있다는 것도 알아냈다.

여행할 때 도움이 되는 기능이 엄청나게 늘어난 셈이었다.

운반꾼일에 어느정도 익숙해지면 이 도시를 떠나 여행을 가야지 하고 계획을 짜고 있을 무렵.

"실례합니다──."

노크 소리와 함께 목소리가 들렸다.

"악셀 씨 댁 맞습니까──?"

"네, 누구신지?"

현관에서 나는 목소리에 대답하면서 문을 열었다.

"……그 목소리는 악셀 씨구나. 오랜만입니다. 제 얼굴 아직 기억하고 계신가요?"

그렇게 말하면서 갑옷 차림의 청년은 후드를 벗었다.

수수한 은발에 가진 얼핏 귀엽다는 생각이 드는 중성적인 외모. 내가 아는 얼굴이었다.

이전에 함께 싸우던 동료이자 용사.

"너는…… 성검의 용사 팡이구나."

"아, 다행이다! 아직 기억하고 계셨군요! 오늘 전직한다는 말을 듣고 축하하러 왔다고요?"

방금 초급 직업으로 전직한 나에게 용사가 찾아왔다.

"첫 전직을 기념해서 왕도에서 맛있어 보이는 술을 사왔는데 말이죠."

성검의 용사 팡은 그대로 거실에 들어오더니, 웃는 얼굴로 테이블 위에 술과 안주를 늘어놓기 시작했다.

"오오, 고마워. 그런데 왕도에서 대장(大將)을 맡고 있다 들었는데 용케도 여기까지 왔네. 꽤 오래 걸리지 않았어?"

그렇게 말하자 팡은 곤란한 듯이 웃으며 볼을 긁었다.

"후후…… 대장이라곤 해도 군사고문 같은 거라서 말이죠. 의외로 한가해서 여유가 있습니다. 게다가 이번에는 다른 용무도 있었고. 그래서 요 옆에 있는 숙소를 빌렸습니다."

"그렇군. 군도 이러니 저러니 여러 가지로 바쁜 모양이네."

"아니, 그런 건 아니고요. 저는 용사랍시고 마지막에 끼어들었을 뿐인데 이렇게 좋은 대접을 받는다니, 오히려 미안할 정도입니다. 이렇게 일을 핑계 삼아 악셀 씨를 만날 수 있게 된 것은 무척 기쁘지만요."

그렇게 팡이 부끄러워하면서 이야기하고 있는데,

"주인, 창고 청소 끝났어──."

바젤리아가 빗자루를 손에 들고 왔다. 그것을 본 팡은 고개를 숙여 인사했다.

"아, 바젤리아 씨. 오래간만입니다."

"아! 성검의 용사다. 오랜만! 용신이랑 싸우고 나서는 처음이던가? 건강하게 지냈어?"

"네, 덕분에. 바젤리아 씨도 건강해 보여서 다행이네요."

팡은 용기사 시절부터 알던 사이라 내가 타고 있던 바젤리아에 대해서도 알고 있다. 용사치고는 젊은 편인 팡은 바젤리아가 친구 같이 느껴지는 모양이다.

나와도 그럭저럭 마음이 맞아 나름대로 사이가 좋았다.

오랜만에 만났지만 별일 없이 지내는 모양이니 다행이다.

"아, 그러고 보니 중요한 걸 물어보지 않았네요. 악셀 씨의 전직은 잘 됐나요?"

팡은 어딘가 기대가 담긴 표정을 짓고 있었다.

"어떻게든 됐어. 무사히 전직했지."

"오오, 그건 잘됐네요! 무슨 직업이 되셨나요? 원래 최상급 직업이었던 악셀 씨니까 상급직인《마법검사》라던가《무술교관》이라던가, 여러모로 굉장한 직업이겠죠? 아니면, 용기사와 거의 동격인《비스트 마스터》라던가 그쪽 적성도 가지고 계실거라고 생각합니다만! 어떤가요? 예상이 맞았나요?"

팡이 단숨에 내뱉듯 말했다.

얘는 정말 상상력이 풍부하구나.

"전부 틀렸어. 내가 새로 받은 직업은 운반꾼이야."

그 순간 팡이 갑작스럽게 굳었다.

"……운…… 네? 죄, 죄송합니다, 다시 한번 말 해 주실 수 있나요? 제가 잘못 들은 거 같은데요……."

"아니, 그러니까 운반꾼이라고."

"《운반꾼》이라니……. 그 초급 직업《운반꾼》이요? 스킬은 편리하지만 능력치가 말도 안 되게 낮은 것으로 유명한 그거? 그게 악셀 씨의 새 직업이라고요?"

"응."

고개를 끄덕인 순간 팡의 눈빛이 변했다.

그리고는 팡의 얼굴이 웃는 얼굴인데 눈만이 웃지 않는 표정으로 변해갔다.

"……그렇군요, 알겠습니다. 지금 바로 신전을 습격해서 전직의 신을 추궁하고 오겠습니다."

철컥, 하고 허리에 달고 있던 검을 쥐며 팡이 자리에서 일어났다.

당장이라도 전직의 신전으로 뛰쳐나갈 기세였다.

"아니 잠깐, 팡. 무슨 성질이 이리 급해? 아니, 그보다 추궁한다니 뭘 어쩌려고?"

내 말을 듣고 멈춘 팡은 기세 좋게 뒤로 돌아봤다.

"하, 하지만. 악셀 씨! 최강의 용기사가 적성이 맞는 직업이 그런 초급 직업밖에 없다니, 말도 안 돼요! 다른 직업이 없을 리 없는데!"

"아니, 그렇게 말해봤자 이미 그렇게 된 것을 어쩌겠어."

"전직의 신이 못되게 굴었을 가능성도……. 아니, 전 악셀 씨랑 다르게 신을 때려눕히러 갈 힘은 없지만 추궁하는 정도는 해야──아얏. 왜 갑자기 머리를 잡는 겁니까, 악셀 씨!"

나는 검을 뽑고 다시 뛰쳐나가려던 팡의 얼굴을 붙잡아서 제지했다.

"좀 진정해 팡. 《운반꾼》이라는 직업도 나름 충실하다고."

"충실……? 초급 직업인데 말인가요?"

"초급 직업이니까, 겠지. 레벨업도 하기 쉽고, 스킬도 잔뜩 익혔다고."

내 말에 팡은 멍하니 입을 벌리고 있었다.

"전직을 하신 건 오늘이실 텐데……. 어라, 설마 악셀 씨 벌써 레벨이 올랐나요?!"

"그래. 올리기가 쉬워서. 레벨 3까지 올랐어."

자, 하고 스킬표의 레벨 부분을 보여주었더니 팡의 눈이 번쩍 뜨였다.

그리고 세차게 고개를 저었다.

"올리기 쉽다고 해도 천직 첫날부터 레벨을 올리는 사람은 없다고요?!"

"아니, 그러니까 초급 직업이라니까? 내 경우에는 말도 안 되게 쉬운 레벨업 조건을 찾아냈고, 정말 몇 시간 만에 알아서 레벨이 올랐다고."

"초급 직업이라고 해도 곧바로 레벨업 조건을 발견해서 레벨업하는 사람은 흔하지 않다니까요! 시간 단위로 레벨을 올린다니 말도 안 돼요."

팡은 강하게 말했지만, 정말 그런 것인지는 잘 모르겠다.

용기사는 확실히 시간 단위가 아니라 날짜, 주, 달 단위로 레벨을 올렸던 것 같긴 하지만, 초급 직업이니까 용기사를 기준으로 잡는 건 문제가 있을 것이다.

"뭐, 어쨌든 레벨을 마구 올릴 만큼 내 적성이 《운반꾼》 생활에 충실하다 이 말이야. 오늘 전직했지만."

"으윽……. 이상하리만큼 충실한 느낌이 들기는 하지만…… 그래도 그 악셀 씨가, 능력치가 낮다는 지독한 단점이 있는 《운반꾼》이 되셨다니. 전직의 신은 대체 무슨 생각을 하는 건지, 그 부분은 이해하기 힘드네요."

일단은 납득한 모양이지만 아직 조금 아쉬움이 남은 것 같다.

그렇지만 뭐, 이제 와서《운반꾼》이 바뀌거나 하진 않을 테니 조만간 이해해주겠지 하고 있을 무렵.

"실례합니다 그란츠 씨──. 전직 신전에서 왔습니다만 계신가요──? 무녀로부터 그란츠 씨 앞으로 우편이 있습니다만──."

"엇……?! 전직 신전에서 왔다고……?!"

"아."

타이밍이 좋은 건지 나쁜 건지. 호랑이도 제 말 하면 온다더니.

"악셀 그란츠 씨 맞으신가요?"

문밖에 서 있던 사람은 수도복을 입은 젊은 남성이었다.

등에는 전에 본 기억이 있는 가방을 매고 있었다.

"《운반꾼》?"

"지는 신전 소속의《운반꾼》인 진이라고 함다."

전직할 때 무녀가 보여줬던 스테이터스의 주인이다. 그는 미묘한 사투리를 하며 운송주머니 안에서 한 장의 봉투를 꺼냈다.

"뭐지?"

"무녀한테서 받은 물건임다. 『정정된 스테이터스 표』라는 중요한 물건이라, 마법으로 봉인돼 있슴다. 그란츠 씨 본인이 푸셔야 함다."

"아, 고마워."

건네받은 봉투는 개봉 부분이 마법으로 뜯지 못하게 봉인되어 있었다.

『본인 외에 다른 사람이 뜯으면 재가 되니 주의』라고 확실하게 주의사항까지 적혀 있었다.

"그럼 지는 이만. 아, 그리고 무녀로부터 전언이 있슴다.『이번 스테이터스 표에는 예외 사항이 많으니까, 내일 다시 악셀 님에게 사죄와 설명을 하러 가겠습니다』라고 함다."

"응? 아~, 알았어."

"그리고 이미 밤이 늦기도 했고, 고블린이나 오크같은 마수가 마을 주변에 이상 발생했다는 모양이라, 지금 초원을 건너가는 것은 너무 위험해서 말이죠. 오늘은 돌아가지 않고 마을의 입구 부근의 여관에 묵을 예정임. 혹시 받으신 물건 중에 빠진 게 있으면 여관에 와서 말씀해 주시면 감사하겠슴다."

"알았어, 이것저것 고마워, 진."

"아니요, 이것도 신전소속 운반꾼이 할 일이니까요. 그럼——."

인사를 마치고 진은 우리 집에서 나갔다.

친절한 사람이구나…….

저런 태도는 같은 《운반꾼》으로서 본받을 만한 점이라고 생각하면서 방으로 돌아왔다.

"악셀 씨, 방금 전직 신전에서 온 사람이죠? 게다가 정정이라는 말이 들렸고, 어쩌면 악셀 씨가 얻어야 할 직업의 정정한다는 연락이라던가——."

팡이 달려들 듯이 말을 걸어왔다.

"아니 그런 건 아냐. 단순히 스테이터스 표가 너무 지저분해서 읽을 수가 없었으니까 새로 받았을 뿐이야. 아니, 팡 넌 내가 《운반꾼》이 된 걸 너무 걱정하는 거 같은데."

"그야 걱정하죠! 오히려 마음에 두지 않는 게 이상할 정도라고요. 몇 번이나 말했지만 보통 사람이 전직해서 운반꾼이 되는 거라면 몰라도 최상급인 《용기사》가 초급 직업이 된다니, 매우 심각한 일이라고요!"

팡이 주먹을 세게 쥐며 말했지만 나는 여전히 심각성이라고는 전혀 알 수 없었다.

처음부터 최상급 직업이 되어 버렸으니까 '일반적인 전직'이라는 것을 잘 모르는 건 어쩔 수 없지 않은가.

……뭐, 그건 제쳐두고 지금은 일단 스테이터스를 확인할까.

나는 마법이 걸린 봉투를 뜯었다.

안에는 스킬표와 똑같이 찢어지지 않는 재질의 튼튼한 용지가 들어있었다.

"으음?"

내가 고개를 갸웃거리자 식탁에 앉아 있던 바젤리아가 다가왔다.

"어라, 무슨 일이야 주인? 또 레벨업이라도 한 거야?"

"아니, 그게 아니라……. 어째선지 능력치가 높아서."

"네?"

내 말을 듣고 먼저 팡이 반응했다.

"저기, 악셀 씨? 스테이터스 표를 보여주실 수 있나요? 아니, 예의 없는 짓인 건 알지만요."

"그래 뭐, 상관없어. 이건 초기 스테이터스니까 들켰다 한들 결국 변할테니."

설령 그렇지 않더라도 파티원에게 감출 생각은 없었으므로 팡에게 스테이터스 표를 보여줬다.

표를 본 팡이 눈을 비볐다.

"으으응?"

그리고 다시 한번 보더니 그런 소리를 냈다.

"어, 어째서 이렇게 높은 겁니까?!"

3번을 다시 읽고 나서야 놀란 목소리로 물었다.

"글쎄?"

"글쎄……라니, 이게 어디가 운반꾼의 스테이터스입니까?! 뭐예요, 이 ALL S는?! 심지어 행운력은 EX이고, 이『졸업』이라는 건 또 뭡니까?!"

"뭐야, 뭐야——? 주인의 스테이터스가 어떻다고——?"

당황한 팡의 옆으로 바젤리아가 얼굴을 내밀고 스테이터스 표를 들여다봤다.

"이야, 이거 용기사 시절 스테이터스랑 비슷하네. 단지 속력은 SSS였고, 행운력이 EX로 변했으니 미묘한 차이는 있지만, 거의 비슷해."

"네? 용기사 시절이랑 거의 비슷하다니 도대체 어떻게 된 건가요?!"

"아니 그러니까 모른다고——. 뭔가 봉투 안에 더 들어있네. 뭐지……?"

당황하는 팡에게 대답하면서 보니 봉투 안에 편지가 하나 더 들어있었다.

전직의 무녀가 쓴 설명문이었다.

"'전직의 신께서 내려 주신 계시를 그대로 전해드렸습니다만, 너무 이례적인 사태인지라 내일 밤에 직접 찾아뵈어도 될까요? 전직의 신님을 추궁해서 그 결과를 말씀드리러 가겠습니다.' ……라는군."

결국 아까 운반꾼이 해 준 전언의 상세한 내용이었다.

"이야, 역시 주인이네! 어느샌가 행운력 EX가 됐다니 대단해!"

"그러게, 운이 좋아서 다행이라고나 할까 고맙군. 내일부터 움직여도 문제없겠어."

아직 무녀는 할 말이 많은 것 같지만 어쨌든 능력치가 높다는 것은 정말 다행이다. 어떻게 된 일일까 설레며 나는 바젤리아와 마주 보고 웃었다.

스테이터스 표를 보고도 아무 일도 없는 듯 테이블에 앉아서 차를 마시려는 악셀을 보고 팡은 경악했다.

아니 이거 운이 좋았다든가 그런 문제가 아닌데요…….

그렇다. 운이 좋다든가, 스테이터스가 높다든가 그런 것보다 더 중요한 게 있다.

"기, 기다려주세요. 악셀 씨. ……스테이터스 표가 지금 왔다는 말은, 악셀 씨는 이 능력치를 모르는 채로 레벨을 올리는데 열중했단 말인가요?"

"그 말대로인데, 그게 왜?"

어떻게 아무렇지 않게 그런 말을. 능력치가 한없이 낮은 초급 직업이 되었는데, 강해진다는 보장은 어디에도 없는데, 보장은커녕 강해질 수 없다는 증거만 잔뜩 있는데.

좌절하지 않고 레벨을 계속 올린 건가…….

'얼마나 대단한 사람인가'하고 팡은 생각했다.

이 사람은 설령 능력치가 바닥일지라도 레벨업을 멈추지 않았을 것이다.

지금까지 단련했던 힘을 전부 **빼앗기고** 다시 시작하라는 말을 들었을 때, 과연 한순간도 망설이지 않고 곧바로 다시 시작할 수 있을 것인가.

같은 상황에 놓였을 때 나는 망설이지 않고 일어 설 수 있을 것인가.

용사라고 자만한 적은 없다. 오히려 악셀이라는 목표를 향해 열심히 단련해왔다.

과연 힘을 잃고 이런 대응을 할 수 있는 것인가.

"하하."

자연스럽게 웃음이 세어나왔다.

스스로 봐도 맥빠진 웃음이었다.

"뭐야, 팡?"

"아니, 죄송합니다. 그저, 악셀 씨는 변함없이 멈춰 서지 않는 사람이구나해서요. ……예, 그래요. 악셀 씨는 역시 존경할만한 분이라는 것을 다시금 느낍니다."

"뭘 존경한다는 건지는 모르겠다만, 어쨌든 칭찬이지?"

"네! 물론입니다! 당신은 제 동경이라고요. 앞으로도 열심히 따라가도록 하겠습니다!"

"그, 그래. 뭐, 열심히 하는 것도 좋지만 적당히 해."

동경의 대상인 악셀의 말을 듣고 팡은 미소지었다.

불굴(不屈)이라는 건가. 악셀 씨는 역시 멋있단 말이지. 나도……나 역시 저렇게 되고 싶다.

악셀의 전직 첫날. 팡은 그런 생각을 품으며 그에게 동경의 시선을 보내고 있었다.

나는 스테이터스 표를 확인한 뒤 의자에 앉아서 한숨을 돌렸다.

그리고 내일부터 어떻게 할까 생각하면서 계획을 세우고 있을 때.

"악셀 씨, 잠시 할 얘기가 있는데요."

내 앞에 앉아 있던 팡이 그런 말을 꺼냈다.

매우 정중하고 진지한 목소리였다.

"이야기라니, 아까 말했던 다른 용무라는 거?"

그러자 팡은 살짝 놀라더니 이윽고 고개를 끄덕였다.

"⋯⋯눈치채고 계셨습니까?"

"처음 만났을 때 후드를 쓰고 있었잖아? 그건 은밀 행동을 할 때 쓰는 옷이니까 은밀하게 뭔가를 하고 있구나 싶어서."

"하하, 악셀 씨한테는 뭘 숨길 수가 없네요."

팡은 쓴웃음을 지으며 고개를 좌우로 저었다. 그냥 한번 찔러 본 것뿐인데, 정말로 무슨 일이 있는가 보다.

"뭐, 이야기를 듣는 정도는 아무렇지도 않지만. 도대체 무슨 일이야?"

"네. 사실은 오늘 악셀 씨를 만나러 온 것은 전직 축하 이외에도 의논할 것이 있어서입니다. 전직하신 직업이 무엇이든 간에, 악셀 씨라면 의지가 될 테니. ⋯⋯아니, 오히려 악셀 씨가 《운반꾼》이 된 건 어떻게 보면 나이스 타이밍이라고도 할 수 있겠네요."

팡은 표정을 굳히고 자세를 바로 잡더니 내 눈을 바라보면서 정중하게 부탁하기 시작했다.

"다름이 아니라, 이번에 《운반꾼》인 악셀 씨에게 이 나라의 제4왕녀── 루나 《공주》님의 운송을 부탁드리려고 합니다. 시간은 지금부터 3시간 이내로. 이건 국군 대장 겸 용사로서 의뢰하는 겁니다. 받아 주시겠습니까?"

아무래도 내《운반꾼》일의 첫 의뢰자는 예전부터 알고 지낸 용사인 모양이다.

"의뢰 받는 거야 어렵지 않다만《공주》라니, 왕족이잖아. 난 만난 적도 없는데?"

"그렇죠. 저희도 폐하와 이야기한 게 전부니까요."

"그런 사람을 운송하라니 어디서부터 어디까지야? 아니, 내가 해도 되는 건가?"

아직 운반꾼이 된 지 하루도 지나지 않았는데 이런 일을 받아들여도 괜찮은 건가.

"악셀 씨라서 믿고 맡길 수 있는 겁니다. 출발은 요 옆에 있는 숙소에서, 목적지는 수십 킬로미터 떨어진 곳에 있는『바람의 도시(風都)』입니다."

"뭐? 벌써 이 도시에 와 있어?"

내 말에 팡은 꾸벅 고개를 끄덕였다.

"며칠 전, 왕도에서 출발하여 오는 도중에 마수가 대량 발생하는 사태가 일어났습니다. 덕분에 마도마차가 고장 나면서 어쩔 수 없이 강행군을 하였습니다만 결과, 예정보다 점점 늦어지면서 대략 10분 전에 겨우 별의 도시에 도착한 참입니다. 루나 공주께서는 피로회복을 위해 근처 여관에서 휴식을 취하고 계십니다만……. 더는 여유가 없어서 슬슬 출발해야만 합니다."

"그렇게 서두르고 있는 건가? 어째서?"

"……그건 공주님과 직접 이야기를 하시는 것이 빠를 것 같습니다. 여기로 모시고와도 괜찮겠습니까?"

내가 끄덕이자 팡은 잠시 기다리라고 말하곤 밖으로 나갔다.

——몇 분 뒤.

팡이 데리고 온 것은 화려하지 않으면서도 움직이기 편해 보이는, 고급스러운 드레스를 입은 소녀였다.

"이 아이가 공주님이야?"

그러자 팡이 아닌 소녀가 대신 대답하였다.

"제4왕녀 루나 리리움이라 합니다. 잘 부탁드립니다. 부디 편하게 대해주시기 바랍니다, 조력자님."

나의 눈을 바라보며 소녀는 미소와 함께 작게 인사했다. 정중한 말투와 몸짓이었지만 의지가 강해 보이는 눈을 가지고 있었다.

과연, 공주다운 당당한 모습이었다.

"그래, 잘 부탁해, 루나 공주님."

나도 그녀의 뜻에 따라 가볍게 인사했다.

그러자 루나는 의외였는지 살짝 놀란 표정을 내비쳤지만 언제 그랬냐는 듯 곧바로 웃는 얼굴로 되돌렸다.

'편하게 대해 달라고 해서 평범하게 인사했는데 실수였나' 하는 생각이 들었지만 보다 급한 게 있으므로 중요한 것부터 물어보기로 하였다.

"어디 보자, 그래서 공주님은 오늘 밤 중으로 『바람의 도시』에 가고 싶은 거지?"

"네, 지금부터 3시간 뒤에 바람의 도시에서 해외 귀족들과 협상이 예정되어 있습니다. 국내 식량 사정 문제에 관련이 있는 안건이라 반드시 제시간에 맞춰야만 합니다. 나라를 재건하는 데 힘쓰고 있는 시국에 협상에 실패하면 막대한 손실이 발생하기 때문에 지각을 빌미삼아 상대에게 유리한 교섭 카드를 내주는 사태만은 피하고 싶습니다."

구체적인 내용을 잘 숨겨놓고 최소한의 설명만을 늘어놓았다. 국가의 내정이니 나를 포함하여 일반인에게 말할 수 있을 리가 없다. 당연한 이야기다.

반면 그녀는 이 나라의 운영에 깊숙이 관여하고 있는 모양이다. 아니, 공주니까 당연하다면 당연하지만.

"요약하자면 공주님이 이 한밤중에 옆 도시까지 가고 싶어 하는 이유는 협상에 늦으면 안 되기 때문이란 거네?"

내 말에 팡이 고개를 끄덕였다.

"협상 시작은 3시간 뒤. 원래는 마차를 사용하면 아슬아슬하게 닿을 거리입니다만, 운 나쁘게도 고블린과 오크의 대량 발생과 부딪쳐버렸거든요. 말들이 겁을 먹을 테니 전력으로 달려 빠져나가는 수밖에 없습니다. 이 도시에 마도마차는 없는 모양이고."

"그런 첨단 마도구는 왕도 언저리에나 있으니."

"네. 그렇다고 이 마을에서 숙련된 모험가를 모집하려고 해도 시간이 촉박합니다. 지금 바로 움직일 수 있으며 공주님을 완벽하게 지킬 수 있을 정도로 강한 사람이 아니면 안 됩니다. 그래서 악셀 씨가 맡아주셨으면 하는 겁니다."

"그렇군."

비록 운반꾼이라고 해도 내 스테이터스라면 고블린이나 오크 같은 저급 마수에게는 지지 않을 것이다. 호위전투가 서투른 것도 아니고, 그러니까 나를 선택했겠지.

"……어떠신가요? 맡아 주시겠습니까?"

팡의 조심스러운 부탁에 나는 잠시 생각하고 천천히 고개를 끄덕였다.

"알았어. 보다 좋은 나라로 만드는 일이라면 굳이 거절할 이유는 없지. 이 의뢰는 내가 맡을게."

그러자 팡은 깊은숨을 토해내면서 내 손을 꽉 붙잡았다.

"정말 감사합니다……! 저도 나름대로 강력한 방호마법을 사용할 수는 있습니다만, 솔직히 말해서 제 전투 방식은 사람을 지키는데 적절하지 않으니까요……. 그 방호 마법도 한번 사용하면 마력이 동나서 여러 번 사용할 수도 없고."

"그렇겠지. 옛날부터 적들에게 돌진해서 싸움을 걸었으니. 적이 천 명이라면 1대1을 천 번 반복할 뿐——같은 소리나 하고. 결국 늘 마지막에는 같이 싸우고 있던 내가 널 주워오는 처지였지."

"아하하, 그땐 정말 신세를 졌습니다."

팡은 제 몸을 지켜가며 싸우는 방식에는 능숙하지만, 다른 사람을 지키는 능력은 거의 없다고 봐도 좋다.

강력한 방어 마법도 아주 조금 쓸 수 있었으나, 효과는 몇 분 버티는 게 전부고, 그나마도 두 번이 고작이었다.

"저기, 팡? 성검의 용사인 당신과 함께 싸웠다고 하시는데, 이분은 도대체 누구이신가요? '도와주실 분을 찾았습니다'라며 몹시 기쁜 표정으로 돌아오셨습니다만."

루나가 그런 말을 했다.

"어떤 사람이냐고 물으셔도, 저보다 강한 사람입니다 말고는…… 아, 그렇지. 루나 공주님께서 매일 꿈같이 말씀하시던『불가시의 용기사』입니다."

그러자 루나는 제자리에서 뛰어 오를 듯 깜작 놀랐다.

"네……? 이, 이 분이 그, 그『불가시의 용기사』님이라고요?"

그리고는 내 얼굴을 아까보다 더욱 강한 눈빛으로 쳐다보기 시작했다.

"어이, 팡. 왠지 공주님이 굉장한 기세로 쳐다보는데. 뭐야, 그『불가시의 용기사』라는 게. 나는 모르는 단어인데?"

"당신입니다, 악셀 씨. 어떤 일을 해도 사람들 앞에 나서질 않았잖아요. 게다가 투구 때문에 얼굴도 거의 보이지 않았고. 그래서 왕성에서 별명을 붙였어요. 위대한 용가사가 있는데 그럼에도 그 얼굴을 본 사람은 적다면서요."

"그렇게 된 거였냐……."

처음 들었다. 나는 단순하게『용기사의 투구』때문에 사람들이 많은 곳에 나가기가 꺼려졌던 것인데 그런 별명이 붙었을 줄이야. 경악의 사실이다.

"이렇게 생기셨군요.『불가시의 용기사』님은……! 아까부터 이

분은 제【매료】가 통하지 않아서 이상하다고는 생각했지만 위대하신 불가시의 용기사님이라면 그것도 당연하네요……!"

"【매료】?"

"《공주》의 스킬인데 생물을 유혹하는 힘을 가지고 있습니다. ……용기사님만큼 상태이상 내성이 높으면 통하지 않습니다만."

얼굴을 붉히면서 자신의 비밀을 고하듯이 루나가 말했다.

"으음…… 공주는 전부 그런 스킬이 있는 거야, 팡?"

"네,《공주》이신 분들은 대개 가지고 있습니다. 그중에서도 루나 공주님은 상위 단계인【매료 단계 4】스킬을 가지고 계십니다. 그 절대적인 힘으로 교섭 관련 일을 하고 계시죠. 정말 대단한 수준입니다. 적대 파벌을 농락해서 이익을 가져오시거나 해서 『매료 공주』나 『절대 파벌 크래셔』라는 별명으로 불리고 계실 정도니까요."

"굉장하군. 그런데…… 그걸 교섭이라고 할 수 있나?"

"물론, 대화로 해결하니까요. 대책으로 매료 저항의 힘이 깃든 장신구를 하는 사람도 있습니다만, 웬만큼 대단한 물건이 아니고서야 막을 수 없기에 우리나라의 교섭력은 몹시 강력하다고 할 수 있죠."

"그렇구나. 믿음직하네, 우리 공주님은."

루나를 보면서 그렇게 말하자 그녀는 부끄러운 듯이 몸을 비비 꼬았다.

"후후후, 그런 칭찬을 듣다니 부끄럽네요. 저보다 매료 스킬이 통하지 않는 용기사님 쪽이 더 굉장하신 걸요. 저는 언제나 의도치 않게 매료해 버려서요……. 그렇지만, 매료가 통하지 않는 분과 만나서 기쁩니다! 게다가 그 분이 동경하던 용기사님이라니 정말 기뻐요!"

루나는 내 손을 꼭 잡으면서 말했다.

기뻐해주는 건 고맙지만 한 가지 정정해야 할 것이 있다.

"공주님, 나는 더 이상 용기사가 아니니까. 잊지 말아줬으면 하는데."

"아, 전직하셨지요! 이야기는 이미 들었습니다. 그럼 어떤 직업으로 전직하셨나요?"

"《운반꾼》."

그 순간, 루나의 움직임이 굳었다.

"…………."

또 이런 반응이냐.

하루에 세 번이나 같은 반응을 봤더니 이젠 익숙하군. 그렇지만 지금은 이전과 사정이 다르다.

"괜찮습니다. 루나 공주님. 악셀 씨는 그저 그런《운반꾼》이 아닙니다."

내 사정을 알고 있는 팡이 설명해주었다.

단, 그 설명이 조금 부족했지만.

그러자 루나가 다시 움직였다.

"……아아, 그, 저기, 이해가 되질 않습니다만, 초급 직업인 운반꾼을 말씀하시는 거죠? 상태이상 내성이 낮은?"

"원래는 그렇다는 모양이더군. 하지만 어째서인지 상태이상 내성은 S였으니까 별문제 없어."

"네…… 네에……?! 초급 직업이신 분에게 매료 스킬이 통하지 않은 것도 모자라 상태이상 내성이 S구요? 그런 말도 안 되는……. 게다가 그 사람이 『불가시의 용기사』님이고…… 예?!"

아직 혼란스러운 모양이다.

그녀는 존경과 의문이 섞인 눈빛으로 쳐다보기 시작했다.

"그럼요, 그럼요. 저도 무슨 느낌인지 압니다, 루나 공주님. 이게 정상적인 반응이죠."

"팡, 혼자 납득하고 있지 말고 공주님에게 제대로 설명을 해줬으면 하는데."

팡에게 불평하고 나는 공주를 향해 돌아섰다.

"그, 뭐랄까, 잘 부탁해 공주님. 첫 의뢰니까 최선을 다해서 옆 마을까지 확실하게 데려다줄 게. 그러니 믿고 맡겨줬으면 좋겠는데, 괜찮지?"

그러자 아직 혼란스러운 와중에도 조금 얼굴을 붉히며 수긍했다.

"아, 네! 물론입니다. 믿고 있으니까, 잘 부탁드립니다……."

의뢰인으로부터 말뿐인지는 모르겠지만 신뢰도 어떻게든 얻었다.

그러면 이제 확실하게 일할 뿐이다.

"자, 첫 일이다. 최선을 다해서 신참 운반꾼으로서 힘내자, 바젤리아."

"응! 알았어. 주인!"

집 앞 가로등이 빛나는 한밤중에 우리는 공주님의 이동을 준비하면서 작전 회의를 하고 있었다.

"······둘러보고 왔습니다만, 역시 마을 주변에 고블린이나 오크가 돌아다니고 있습니다. 굳이 멀리 돌아서 가봤자 의미가 없을 것 같네요."

팡에게 마을 밖의 상황을 살피고 오라고 했는데, 아무래도 마수가 예상보다 많은 모양이다.

마을 주변에는 벽이 둘러쳐져 있기 때문에 고블린이나 오크같은 저급 마수가 뛰어 들어오는 일은 없지만, 우리가 벽 너머로 나선다면 이야기는 다르다.

"뭐, 상황은 잘 알겠어. 그러면 이제부터 루나 공주님의 이동을 시작하려고 하는데, 잊은 물건은 없지?"

"전 괜찮습니다. 루나 공주님은?"

"저도 괜찮습니다. ······정신적 충격이 아직 조금 남아 있지만요."

루나는 그런 말을 하면서 가슴에 손을 얹었다.

방금 내가 《운반꾼》으로 전직한 건에 대해 낙담하고 있는 건가.

미묘하게 기분이 다운되어 있다.

……뭐, 고블린이나 오크들이 잔뜩 있는 곳을 빠져나간다고 한다면 조용한 편이 낫지만.

고블린이나 오크는 주행성이라 밤눈이 별로 밝지는 않지만 소리나 냄새에는 민감하다.

"그러고 보니 악셀 씨는 이제 용기사가 아니니까 용기사의 전투 스킬이나 기승 스킬은 사용할 수 없죠?"

팡이 물어봤다.

"응? 뭐, 아마도. 내 스킬표에는 《운반꾼》 스킬밖에 없었고."

시험해본 적은 없지만.

그러자 집 안쪽에서 횃불을 든 바젤리아가 나왔다.

"주인이 용기사 스킬을 쓸 수 있을지는 모르겠어. 계약하고 있는 나는 스킬의 힘을 감지할 수 있지만 지금은 별로 느껴지지 않는걸. 희미하게 냄새가 나는 것 같긴 하지만."

"그렇다는 모양이네. 뭐, 용이 저렇게 말하는데 사용하지 못하는 거 아닐까."

바젤리아와 내 말을 들은 팡은 노골적으로 아쉬운 표정을 지었다.

"그렇습니까……. 그럼 예전처럼 용에 타서 하시던 광범위 공격 같은 건 불가능하시겠군요. 땅에 창으로 된 비를 내리는 스킬이라든가."

팡이 말하는 건 용기사 시절에 배운 【용성(龍星)】이라는 스킬이다.

창을 던지면 마력에 의해 수백 개로 분열하면서 한꺼번에 비처럼 쏟아지는 효과를 가진 투척 스킬이다.

지금같이 적의 숫자가 많을 때 사용하면 상당히 효과적이지만, 이제 와서 없는 걸 바란들 끝이 없다. 지금은 가능한 빠르게 이동할 방법을 모색해야할 때다.

"우선 내 쪽에서 계획을 짜 봤는데. ⋯⋯팡. 너 분명히 엄청나게 강한 방호 마법 쓸 수 있었지? 지금도 쓸 수 있어?"

"네? 뭐, 사용할 순 있습니다만 몇 분 정도가 고작인데요? 그것만 가지고는 도저히 답이 안 나와서 악셀 씨에게 의지하고 있습니다만."

"아, 괜찮아. ──그 스킬만 쓸 수 있으면 움직일 수 있어."

"⋯⋯네?"

내 말에 팡은 숨을 들이켰다.

"어어, 벌, 벌써 그런 멋진 방법을 찾아냈나요?"

"그래, 그렇지만 조금 위험해. 그러니까 루나 공주님이 결정했으면 좋겠어."

"제가 결정하라니요?"

나는 고개를 갸웃거리는 루나에게 손가락을 두 개 펼치고 물었다.

"방법은 두 가지. 하나는 이대로 뛰쳐나가 고블린을 다 쓸어버리고 통과하는 방법. 시간에 맞을지는 미지수지만 나와 바젤리아와 팡이면 고전할 일은 없겠지."

팡이 1대 1로 마수에게 질 리가 없다.

시간 제약이 없다면 이 방법이 가장 확실하다.

"하지만 이건 꽤 시간이 걸리겠지. 또 하나의 방법은 제시간에 맞출 수 있는 대신 조금 꼴사납고 아프고 무서운 방법이야. 루나 공주님은 어떤 게 좋은지 물어보고 싶은데——."

라고 두 번째 작전을 발표하려고 했더니 미처 말하기도 전에,

"자세히 들을 것 없이 두 번째 방법으로 결정하겠습니다! 빨리 갈 수 있다면 여유가 생긴 만큼 교섭을 더 정교하게 할 수 있으니까요. 국익을 위해서라면 체면 따위는 신경 쓰지 않겠습니다."

루나는 당당하게 단언했다.

"……정말 괜찮겠어?"

"물론! 공주는 한 입으로 두말하지 않습니다."

과연 교섭이 특기인 공주님. 정말 용감하다.

그렇다면 나는 그 용맹함에 응할 뿐.

"그럼, 설명할 시간도 아까우니 바로 행동에 들어가자. 문으로 이동한다."

별의 도시의 북동쪽 출입문.

바람의 도시로 향하는 문을 지나 가도를 걸어가자 초목이 무성한 임지(林地)가 나왔다.

그리고 동시에 길을 가로막은 대량의 마물을 발견할 수 있었다. 대부분이 고블린 혹은 오크였다.

"부르르르르……."

"크……으……암컷…… 냄새……!! 크으…… 쿠롸……!"

더듬더듬 말을 할 수 있는 정도의 지능밖에 없는 마수들의 시선이 루나에게 쏠리고 있었는데 대부분이 몸의 어느 부분을 세우고 있었다. 【매료】의 효과도 있겠지만 그것이 한층 더 위압감을 낳아 공포를 부채질하고 있었다.

……마왕의 위세가 절정에 달하던 시절에는 마수가 여성들을 범하면서 돌아다닌 적도 있었다는 말은 들었지만……!

마수를 처음 본 건 아니지만 루나의 인생에 있어 마수들이 이렇게까지 위험하게 느껴진 적은 처음이었다.

"어디 있냐……! 암커어어엇…………!"

마수는 아직 어둠 속에 숨어 있고, 절대적인 힘을 가진 용사가 옆에 붙어있는데도 눈앞의 마수에게 공포를 느끼고 있었다.

"흐음, 확실히 이상 사태군. 고블린은 이미 꽤나 모여 있는 모양이네."

"그렇네. 아, 주인. 저기 뭔가 커다란 놈이 있어. 우두머리일까? 우와――, 저런 놈도 나왔구나."

그러나 옆에 서있던 《운반꾼》은 자신보다도 하위 직업인데 전혀 겁내는 기색이 보이지 않았다.

……대체 뭘까요, 이 전(前) 불가시의 용기사님은.

모르는 것투성이다. 어떻게 저렇게 침착할 수 있지?

……능력치가 높다고는 해도 전직 첫날인데 잘도 침착함을 유지하고 있군요.

루나가 악셀을 경이적인 시선으로 쳐다보자, 악셀은 시선을 앞에 있는 팡에게로 옮겼다.

"어이 팡, 준비됐어?"

"문제없습니다. 【절대방어】의 마법진도 다 그렸습니다."

팡은 자신의 검으로 지면에 마법진을 그렸다.

이 마법진은 루나도 몇 번인가 본 적이 있다.

"육체를 강화하고 완벽한 보호를 보장한다는 용사의 마법——
【절대방호】마법진입니까."

"오, 잘 알고 있네."

이 마법은 2분 동안 신체를 강화하며, 어떤 상처를 입어도 즉
각 회복시키는 효과를 가지고 있다.

"저 녀석이 다른 사람한테 부여할 수 있는 마법은 이게 전부야.
대신 자기 스스로 그 몇십 배에 달하는 가호와 축복을 걸 수 있지
만. ……그래도 뭐, 성검의 용사라는 이름값에 지지 않을 만큼 강
력하니 안심해. 가서 【절대방호】의 효과를 받고 와."

"아, 네. 그건 알겠습니다만……. 저, 정말로 바람의 도시에 데
려다주실 수 있으신 거죠?"

동경하던 용기사에게 할 말은 아닐지도 모르지만 조금 불안해
졌다.

"자, 그럼 부탁한다, 팡."

"알겠습니다."

악셀의 말과 동시에 팡이 마법진에 마력을 흘려보내자 마법진
이 빛나기 시작했다.

그것만으로도 마법진 위에 있던 사람——루나는 마법의 효과를 얻는다.

"그으…… 차, 찾았다……!!"

마법진의 빛에 이끌려 숲의 고블린들이 움직이더니, 기다리고 있었다는 듯 어둠 너머의 숲에서 개미 떼처럼 쏟아져 나오기 시작했다.

"아, 악셀 님?! 이쪽으로 몰려오는데 어떡하죠?!"

"응? 아하, 이제 놈들이 왔다고 해도 이미 늦었으니까 괜찮아."

"네에?"

루나가 의문스럽다는 듯이 소리를 낸 순간,

"그럼 간다——! 【변신】!"

바젤리아가 용으로 변신했다.

크기는 10m도 되지 않지만, 붉은색과 황금빛이 어우러진 아름다운 비늘을 가진 용이다.

용이 된 바젤리아는 마치 타라고 말하는 듯 우리 앞에서 몸을 숙였다.

"자, 이제 가자."

그리고 악셀은 지극히 당연하다는 듯 바젤리아의 등에 올라 탔다.

"네? 아, 악셀 님?! 용기사를 그만두신 게……."

"용기사는 그만 두었고 스킬도 사용할 수 없지만, 못 탄다고 말한 적은 없는데? 용기사 시절에 스킬 없이 타려고 했던 경험이 이런 데서 쓰일 줄은 몰랐지만."

그 말에 루나는 경악했다.

"뭐, 뭐예요 그게! 용을 탈 수 있는 《운반꾼》이라니 들어본 적도 없다구요?!"

"아, 그래? 그럼 내가 처음이라는 거군. 참, 너는 이리로 와."

"꺄아?!"

악셀은 손을 잡는가 싶더니 그대로 껴안듯이 가슴에 바짝 끌어안았다.

"미안해, 용왕 바젤리아는 나밖에 탈 수가 없으니까, 바젤리아에게 탄 내 위에 탈 수밖에 없거든. 그러니까 손이랑 발로 확실하게 꽉 붙잡고 있어."

"에, 에엣?!"

"어서, 빨리 출발하지 않으면 고블린들이 덤벼들 거야. 일단은 팡이 막아 줄 테지만 이대로면 귀찮아진다고."

"아, 네에!"

이제 될 대로 돼라. 루나는 자신의 의사에 떠밀리듯 움직였다.

그리고 결국 팔다리로 악셀을 꽉 붙잡았다.

"좋아. 그대로 힘주고 있어, 떨어지지 않도록. ······바젤리아, 이륙하자."

『알았어──.』

악셀이 자신을 꽉 붙잡은 것을 확인하고 바젤리아에게 지시하자, 그녀는 날개를 펼치고 제자리에서 날아오르기 시작했다.

"과연, 용을 타고 고블린들 위로 날아가는 것이 악셀 님의 작전이군요!"

이 방법은 생각지도 못했다. 용기사 스킬을 쓸 수 없으니까 이제 용으로 어떻게 하는 것은 무리라고 생각했는데 이런 방법이 남아 있을 줄이야.

그래서 솔직하게 악셀을 칭찬했지만.

"이런……. 아쉽지만 조금 다른데, 루나 공주님."

악셀은 등을 양손으로 둘러서 꽉 붙잡았다.

"아, 악셀 님?! 이, 이리, 하늘 위에서 대담하게 제 몸을 안으시면…… 저는 대체…….."

"무슨 말을 하는 건지 모르겠다만 ……이렇게 하지 않으면 떨어진다고?"

"네?"

주변을 둘러보니 악셀의 손에는 줄이 쥐여있었고, 그 줄은 루나와 악셀의 몸에 묶여 있었다.

"용기사 스킬이 없는 상황에서 용을 능숙하게 조종하는 건 불가능해. 그래서 지금도 바젤리아에 타기 위해서 그냥 힘으로만 붙잡고 있어."

그렇게 말하는 악셀의 팔 근육은 크게 부풀어있었다.

두 팔에 고정된 것만으로 아플 정도로 바젤리아의 몸통을 강하게 쥐고 있었다.

"저, 저기, 힘이…….."

"……바젤리아는 터무니없는 속도로 움직이는 용왕이라 탑승자의 몸에 걸리는 부담이 상당해. 【절대방호】를 걸었으니까 죽지는 않겠지만."

"…………?"

"그래도 힘을 빼지는 마? 나도 최대한 붙잡고 있으니까 떨어지는 않겠지만, 내가 조종하지 않는 바젤리아는…… 사람 뼈가 부러질 정도로 빠르거든."

그런 말을 들은 찰나.

――쾅.

무언가가 폭발하는 듯한 소리가 울려 퍼졌다.

바젤리아의 날개가 하늘을 때리는 소리다.

그것만으로 흙먼지가 솟아오르고 지면이 갈라지며 회오리가 몰아쳤다. 그 여파만으로 다가오던 고블린들이 튕겨 날아갔다.

……호버링만으로 이 정도라니……?

그렇다면 정말로 속도를 낸다면 얼마나 굉장할까.

상상이 되지 않는다.

"저, 저기. ……이거 정말 괜찮은 건가……요?"

"괜찮아, 괜찮아. 팡의 방호 마법도 있으니까. ――그럼, 팡! 우리는 먼저 갈게! 너 혼자서도 여기 있는 놈들을 뚫고 따라올 수 있지?!"

악셀이 아래를 향해서 소리치자,

"물론입니다! 맡겨 주세요, 악셀 씨!"

온 힘을 다한 대답이 돌아왔다.

그것을 듣고 악셀은 끄덕였다.

"믿음직스럽군. 뭐, 이걸로 됐겠지. 그럼 가자 바젤리아."

『응, 주인……. 전력으로 갈게!』

"그래, 부탁한다. 바젤리아. ……그리고 모처럼 몰려왔는데 미안하네, 고블린. 이대로 그냥 퇴장해 줘."

그 말을 신호로 바젤리아는 바람을 가르고 나아갈 정도의 속도로 한 번에 날았다.

"윽?!"

폭발하는 듯한 풍압만으로도 다가오던 고블린들이 날아갔다.

"꺄아아아아아아아아아—— 아아——!"

용에 탄 루나의 비명은 루나보다 느리게 이동했다.

별의 도시를 나선지 수십 초 뒤.

"도착——! 주인, 살아있어——?"

우리는 바람의 도시에 도착해 있었다.

입구에서 사람 모습으로 돌아온 바젤리아는 내 얼굴을 들여다보며 그렇게 말했다.

"살아있어. 바젤리아, 수고했어."

"아니, 주인이야말로 수고했어——. 팔 아팠지?"

위로의 말을 건네면서 바젤리아는 내 손을 뚫어져라 쳐다봤다.

내 팔은 바젤리아를 붙잡은 것만으로 엄청나게 부어 있었다.

"1분하고 조금 더 걸렸나. 이 꼴을 보아하니 스킬 없이는 10분 정도가 고작이겠군."

용기사 시절에도 스킬 없이 타려고 했을 때는 그 정도였고.

완력은 용기사시절과 같은 S급이었기에 이번에 시험 삼아 해 보았는데.

"으음. 역시, 스킬 없이 용왕에 타는 건 힘들군."

"아니야, 아무 스킬도 없이 내 위에 탈 수 있는 건 주인밖에 없다니까! 다른 용들도 내 속도에는 당해내지 못했고! 그러니까 충분히 굉장해!"

"하하, 칭찬 고마워, 바젤리아."

마차라면 몇 시간 걸릴 거리를 1분만에 날아왔다. 조금 팔은 아프지만 이 정도 성과가 있다면 충분하다.

그렇게 진심으로 말하자 바젤리아가 작게 미소지었다.

"에헤헤. 주인이 굉장하면 나도 열심히 하는 보람이 있으니 고마워."

"그럼 다행이네. 뭐, 난 여러 사람들의 힘을 빌린 것 뿐이지만. 이번에도 팡의 방호마법이 없었으면 이 아이가 위험했고."

말하면서 가슴 쪽을 내려다보았다.

거기에는, 눈을 홉뜨고 반쯤 울고 있는 루나의 모습이 있었다.

"우, 우우…… 눈이 어지러워…… 너무 빨라요……."

"방호 마법을 걸었는데도 나보다 심각하네."

내가 그녀를 감싸듯이 타고 왔기 때문에 바람은 별로 닿지 않았을 터다.

게다가 시간은 짧지만 비장의 방호 마법도 걸려있다. 그런데도 루나에게는 엄청난 피로가 남아 있는 것 같았다.

내 품에서 어지러워하면서 고개를 흔들고 있다.

"이봐, 괜찮아?"

"……여긴…… 천국……입니까?"

"이미 틀린 것 같은데. 병원으로 옮길까?"

"아니, 좀 더 기다려보자."

좀 더 기다려도 괜찮아지지 않으면 운송주머니에 넣어 온 기력의 물약이라도 끼얹을까, 생각하고 있자니 루나의 눈에 힘이 돌아오기 시작했다.

"어, 어라……? 여, 여기는…………?"

"그래, 루나 공주님의 목적지인 바람의 도시야. 도착했어."

"바람……의, 바람의 도시?! 벌써 도착했나요?!"

바람의 도시라는 단어에 반응한 루나는, 내 품에서 뛰쳐나가듯 내려가 주위를 둘러보았다.

주변의 광경을 보고 루나는 놀란 표정을 짓더니 품에서 시계를 꺼내 들었다.

"저, 정말로 바람의 도시군요. 아직 몇 분밖에 지나지 않았는데 벌써 도착했다니…… 너무 빨라요."

"하하, 의뢰한 대로지. 방호가 있어도 조금 아팠을 테지만 그

점은 감안 해 줘."

그렇게 말하니 루나는 깊은숨을 내뱉고 어쩔 수 없다는 듯이 웃었다.

"후후, 그러네요. 제가 선택한 방법이었으니. 그래도 결과만 따진다면 대성공이었습니다. 두 분 모두 감사합니다."

"기대에 부응할 수 있어서 다행이야. 우리는 이런 느낌으로 계속 일할 거니까, 무슨 일이 있으면 다시 일을 맡겨줘."

그렇게 내 《운반꾼》으로서 첫 의뢰인 『매료의 공주』 운송은 불과 몇 분 만에 대성공으로 완료했다.

루나를 바람의 도시에 데려다주고 난 뒤, 우리는 밤이 늦은 고로 근처 주점의 방을 빌려서 아침까지 잠을 잤다.

그리고 이튿날 아침, 둘이서 늦은 아침밥을 먹고 있을 때였다.

"안녕하세요, 악셀 님."

"실례하겠습니다, 악셀 씨."

루나가 웬 가죽 주머니를 안은 채 팡과 함께 주점에 들어왔다.

불과 몇 시간 전, 이 도시에 내려섰을 때는 상당히 지쳐 보였는데, 지금은 상상할 수 없을 만큼 발랄한 표정이었다.

"교섭은 끝났어?"

그러자 루나가 고개 숙여 인사했다.

"악셀 님 덕분에 이번 교섭도 대성공으로 끝났습니다. 정말 감사합니다."

"아, 성공했구나. 그건 다행이네. 그렇지만 나는 그저 시간에 늦지 않게 도와줬을 뿐이지, 협상에는 관여하지 않았는데?"

그러니까 덕분이고 뭐고 없을 터다.

그렇게 생각했지만 루나는 고개를 좌우로 흔들었다.

"아뇨, 악셀 님께서는 충분히 관여하셨습니다. 덕분에 온갖 방해를 한번에 넘었으니까요. 이번 여행길에 이런저런 장애가 있었던 것은 교섭 상대와 왕도의 한 파벌이 준비한 의도적인 방해 계획이 있었기 때문입니다."

"계획?"

"네. 우리나라에서 《몬스터 테이머》직업을 가지고 있는 사람들을 고용해서 우리가 가는 길목에 배치해 방해하게끔 시킨 겁니다. 이번에 대량 발생한 마수들을 바람의 도시와 별의 도시 사이로 오도록 유도한 것도 그들입니다. 교섭에 늦어서 상대방을 기다리게 만들고, 시간적인 피해를 입혔다는 교섭 카드를 손에 넣어 더 많은 돈과 조건을 이끌어 내기 위해서."

몬스터 테이머가 직업인 사람과 함께 싸워 본 적이 있는데, 그들은 마수를 끌어들이는 스킬을 사용할 수 있었다. 그러니까 마수의 이상 발생을 이용한다면 그녀가 말한 계획도 불가능 하지는 않지만…….

"설마 교섭 하나에 그렇게까지 하다니…….."

"마왕 전쟁 이후, 한창 부흥 중인 우리나라로부터 많은 물자를 빼앗을 찬스니까요. 그 정도로 맹렬하게 달려들 만합니다. ⋯⋯그렇지만, 다음부터는 교섭할 때에는 여행을 방해받지 않도록 루트를 가능한 한 비밀로 하는 편이 좋을 것 같네요."

루나는 태연하게 말했다. 나라의 운영에 관여하고 있는 그녀에게 이런 상대는 익숙한 건지도 모른다.

"그런고로 이번엔 조금 벅찬 상대였습니다만⋯⋯ 악셀 님 덕분에 빨리 도착해서 휴식을 취하고 평상심을 유지할 수 있었기에 교섭을 유리하게 이끌어갈 수 있었습니다. 거기다 조금 늦게 온 팡이 오는 길에 숨어 있던 비스트 테이머를 몇 명인가 체포해서 자백시켰기 때문에 도움이 됐습니다."

"그렇군. 팡이 늦게 온 것은 그것 때문인가."

"하하, 바로 뒤쫓아 간다고 했는데, 죄송합니다. 숨어있던 비스트 테이머들을 찾아내는 데 조금 시간이 걸렸습니다."

팡이 쓴웃음 지으며 대답했다.

그가 바람의 도시에 도착한 것은 한 시간 전이었다. 딱 교섭이 시작하고 나서야 이 도시에 도착한 것이다.

마수가 얼마나 있던 팡이라면 좀 더 빨리 뚫고 올 수 있을 텐데, 뭐하느라 늦나 했더니 비스트 테이머들을 체포하고 있었구나.

"뭐, 악셀 씨가 너무 빨리 도착한 점도 있지만요. 역시 용에 탈 수 있는 《운반꾼》은 반칙이라고 생각합니다."

"그렇게 말한들, 사용할 수 있는 건 사용하지 않으면 아깝잖아. 안 그래, 바젤리아?"

"응, 나도 오랜만에 마음껏 날 수 있어서 기분 좋았어!"

바젤리아는 즐거운 듯 미소지었다.

그녀가 도시 안에서 진심으로 날갯짓하면 엄청난 피해가 일어나기 때문에, 보통은 마을 밖에서 조용히 산책할 뿐이다.

가끔은 여기 올 때처럼 마음껏 하늘을 날아다닐 때도 있어야 하나, 하고 기분 좋게 주점에서 밥을 먹고 있는 바젤리아를 보며 생각했다.

"뭐…… 일단은 두 사람 모두 무사히 도착했고, 교섭까지 잘 됐으니까, 그걸로 됐지."

"그렇네요…… 아참, 중요한 걸 잊고 있었습니다. 악셀 님에게는 이걸 드려야 하는데."

그렇게 말하고는 루나는 가죽 주머니를 내 앞에 쿵, 하고 내려놓았다.

안에는 많은 지폐와 보석이 들어있었다.

"저기, 이건?"

"이번 일의 보수입니다. 현금으로 500만 골드와 급하게 의뢰를 맡긴 대가로 보석을 좀 챙겨 드렸어요. 의뢰를 했으니, 보수를 드리지 않으면 도리에 맞지 않지요. 그리고 이 자리에서 드신 식사비도 저희가 내겠습니다."

"……첫 일이라서 시세는 잘 모르겠지만 이렇게 많이 줘도 되는 거야? 500만이라니, 5년은 놀고먹을 수 있다고."

내가 한 일은 쌍둥이 도시라고 불릴 정도로 가까운 『별의 도시』

와 『바람의 도시』 사이를 이동한 것뿐인데.

　이렇게 많이 받아도 되는 건가. 그렇게 생각하고 있으니 내 앞에 있던 루나가 힘껏 고개를 끄덕였다.

　"당연합니다. 이번에 악셀 님이 없었다면 이 정도 금액과는 비교도 안 되는 손해가 발생했을 테니까요. 오히려 보수가 좀 적은 것 같은데요?"

　"그런가?"

　의문을 표하는 나에게, 루나뿐만이 아니라 팡도 수긍했다.

　"그렇습니다, 악셀 씨. 《운반꾼》에게 주는 보수는 옮긴 거리뿐 아니라 얼마나 중요한 것을 옮겼는가도 중요합니다. 루나 공주님을 옮긴 당신에게는 막대한 보수를 지급하는 것이 당연합니다."

　"아니 뭐, 돈은 받을 수 있으면 받는 게 훗날을 위한 일이지만, ……정말로 괜찮은 거지?"

　""물론이죠!""

　의뢰자 두 명이 동의했다면 받아두는 게 좋겠지.

　그렇게 생각하고 나는 큰돈이 들어있는 가죽주머니를 손에 들었다.

　"아, 주인. 또 빛나고 있어!"

　"어? 아, 정말이네."

　주머니에 들어있던 스킬표가 빛나고 있었다.

　【규정난이도의 첫 일 완료—— 조건달성——《운반꾼》 레벨업!】

　레벨업 조건이 바뀌었지만 역시 레벨업이었다.

"오오, 고마워. 팡이랑 루나 공주님의 의뢰 덕분에 벌써 레벨 4가 됐어."

"네……? 벌써 그렇게나 레벨을 올리셨나요?! 악셀 님이 전직 하신 건 어제라고 하셨잖아요……?"

"응, 어제 전직 했지. 레벨업 속도가 너무 빨라서 나도 놀랐어."

악셀은 레벨 4 옆에 미취득 스킬이 있었지 생각하면서 스킬표를 확인했다.

【운송주머니 단계 4 100% 확장, 신축률 500% 증가】

역시 이번에도 새로운 스킬을 손에 넣을 수 있었다.

뭐, 스킬 내용은 언제나처럼 운송주머니가 사용하기 쉽게 변하는 계열의 스킬이지만.

"흠. 꽤 가방이 부드러워진 것 같아. 입구가 고무처럼 늘어나네."

"와, 쭉── 늘어나네. 이정도면 큰 물건도 쉽게 넣을 수 있겠어!"

이 정도로 늘어난다면 창(槍)도 옆으로 눕혀서 들어갈 수도 있을 것 같다.

이거라면 부피가 큰 물건도 쉽게 운반할 수 있을 것 같다.

지금까지는 들어가지 않을 것 같다고 여기던 물건도 넣을 수 있게 되었으니 할 수 있는 일도 많아질 것이다. 일감의 폭이 넓어질 것이다.

이렇게 나는 《운반꾼》으로서 또 한 번 성장했다.

고블린이나 오크의 대량 발생이 잦아들었다는 소식이 바람의 도시로부터 들려온 것은 정오 무렵이었다.

나와 바젤리아도 별의 도시에 돌아가려던 길에 루나와 팡이 마중을 나왔다.

"무슨 일이 있으면 금방 달려갈 테니 말씀해 주세요. 아니 그보다, 놀러 갈 테니 다음에도 잘 부탁드립니다!"

그 말에 손을 흔들어 대답하면서, 나와 바젤리아는 바람의 도시의 남문으로 향했다.

교역의 도시답게 남문은 여행자를 대상으로 한 장사꾼들로 북적이고 있었다. 벌레를 나 짐승을 쫓는 마도구, 여행 도중에 먹을 수 있는 도시락 같은 것들을 팔고 있었다.

그리고 고블린의 이상 발생이 끝났다고는 해도 적지 않은 마수들이 남아 있었기에 호위로서 자기 자신을 팔려는 사람들도 있다.

"형씨——! 어때, 나를 호위로 고용하지 않겠어? 싸게 해 줄게."

나한테도 그렇게 자신을 팔려고 하는 사람이 다가왔다.

도끼를 등에 지고 있는 우락부락한 전사 같은 얼굴을 한 사내였다.

"호위?"

"그래, 형씨——. 운송주머니를 가지고 있다는 말은 운반꾼이라는 거잖아? 그런 초급 직업으로 여자까지 데리고 여행하는 건 위험하다고. 날 호위로 붙이는 게 좋을 걸. 가격은 1만 골드로 어때?"

"아니, 호위 같은 건 필요 없어. 애초에 별의 도시와 바람의 도시는 그리 멀지도 않은데 가격이 너무 비싸군."

"그렇게 말하지 말라고, 아무리 가까운 거리라고 해도 위험하다니까. 전투 직종도 아닌…… 그나마도 초급 직업이 여행이라니. 방금도 하급 직업인《견습 상인》녀석이 혼자서 마차를 타고 갔다만, 아무리 마수의 이상 발생이 끝났다고는 해도 너무 무모하다고."

억지웃음을 짓고 있는 그 사내는 그런 식으로 자신을 광고했다. 마냥 틀린 말도 아니고, 장거리 여행이라면 만약을 대비해 고용하는 것도 나쁘지 않다고 생각하지만.

"충고 고마워. 그렇지만 역시 호위는 필요 없어, 미안."

정중히 거절하였다.

"쳇! 모처럼의 호의를 무시하다니──. 그 날씬한 여자아이랑 같이 어떻게 돼도 모른다고, 형씨……."

그런 대사를 내뱉으며 우락부락한 사내는 떠나갔다.

태도가 너무 급변하길래 저 사람은 호위나 영업에는 소질이 없는 것 아닌가 하고 생각하고 있으려니 옆에 있던 바젤리아가 한숨을 내쉬었다.

"이야, 바람의 도시에는 다양한 사람이 있네. 나보고 날씬한 여자아이래. ……나, 날씬해 보이나 봐……. 왠지 쇼크야. 주인이 의지했으면 싶어서 꽤 열심히 단련했는데."

"아니, 신경 쓰지 마. 난 날씬한 바젤리아도 좋아. 귀여우니까."

"그, 그래? 주인이 그렇게 말한다면, 응, 날씬한 것도 괜찮네!"

그런 대화를 하면서, 나는 바람의 도시의 남문에서 잠시 쇼핑을 하고 임지에 있는 가도로 향했다.

푸른 나무들이 햇빛을 부드럽게 가려주고 가끔 부는 바람이 기분 좋다.

……이대로 느긋하게 산책하면서 집으로 돌아가는 것도 좋겠네.

돌아가는 길을 서두를 일도 없고, 도시락을 먹으면서 가는 것도 나쁘지 않다. 그렇게 생각하면서 임지를 느긋하게 걸어가고 있을 때.

"꺄아아아아!"

갑작스러운 비명이 길 앞에서 들려왔다.

"하하, 이렇게 이상사태가 끝나자마자 긴장을 푼 놈들을 사냥하는 게 재미있단 말이지."

"맞는 말이야. 여기는 목이 좋네. 바람의 도시와 쌍둥이 도시 사이에 있으니까, 『이 정도로 가까운 거리라면 괜찮아』라고 방심하고. 안 그래, 《견습 상인》 아가씨?"

내가 비명소리가 난 현장에 도착했을 때 처음 들려온 것이 그런 뻔뻔스러운 남자들의 말소리였다.

"우, 우우……."

가도에서 조금 떨어진 곳에 체격이 좋은 대여섯 명의 사내들이 진흙투성이인 채 웅크리고 있는 금발의 여자아이를 둘러싸고 있었다.

옆에는 피를 플리면서 쓰러져 있는 말과 마차가 있었고, 남자들이 들고 있는 검에는 피가 흠뻑 묻어 있었다.

"도적인가."

"그런 거 같아."

나와 바젤리아가 목소리를 들은 도적들과 소녀의 얼굴이 이 쪽을 향했다.

"사, 살려…… 주세요……."

금발 소녀가 내 쪽으로 손을 뻗으려고 했다.

그러나 그 모습을 본 도적 한 명이 크게 웃었다.

"하하하. 안됐네, 상인 아가씨. 저 형씨는 초급 직업이야. 굳이 말하자면 하급 직업인 아가씨가 구해줘야 할 사람이라고?"

들어본 적이 있는 목소리였다. 아니, 얼굴도 봤던 기억이 있다.

"어라, 당신. 마을에서 나한테 호위해 준답시고 말을 걸었던 전사잖아?"

그러자 험상궂은 얼굴의 남자는 입매를 일그러트렸다.

"하하, 그래. 내 충고를 무시한《운반꾼》형씨한테는 현실을 가르쳐 줄 수 있겠군. 호위 비용이라도 순순히 냈으면 다른 쪽으로 안내 해 줬을지도 모르는데."

애초부터 호위를 전문으로 하는 게 아니라 도적들이랑 한패였다는 건가.

"보스, 저 녀석 죽여도 되죠?"

"그래, 운반꾼이니 이렇다 할 물건은 없겠지만…… 돈은 좀 가지고 있겠지. 괜찮은 여자도 데리고 있고. 애들아, 죽여라. 용돈 정도겠지만 약한 초급 직업이니까 보너스 게임이다."

"알겠습니다. 보스!"

대화를 들어보건대 저 전사 같은 남자가 두목인 것 같다.

"흐응, 주인을 바보 취급하다니 무지 짜증이 나는데. 내가 처리해도 될까?"

두목의 지시를 들은 도적들이 서서히 다가오는 것을 보고 바젤리아가 조용히 입을 열었다. 보아하니 조금 화가 난 모양이다.

"아니, 지금 네가 처리하면 조절이 안 돼서 피바다가 될 것 같으니까, 내가 처리할게. 스킬도 실험해보고 싶었고. 악인이 상대라면 조금 날뛰어도 괜찮겠지."

"실험?"

바젤리아에게 그렇게 말하면서 나는 운송주머니 안에 손을 넣었다.

그리고 검을 한 자루 꺼냈다. 용기사였을 때 사용하던 장검이다. 그것을 본 도적들이 비웃기 시작했다.

"오오, 약해빠진 초급 직업 주제에 훌륭한 검을 가지고 있네!"

"하하, 초급 직업한텐 아깝군. 우리가 잘 쓰도록 하지. 《도적》답게 처리해줄게. 형씨."

그 말과 동시에 도적들이 달려들었다.

그래서 나도 검을 쥐고 자세를 잡았다.

"그래. 그럼 나도 《운반꾼》으로서 너희들을 마을 경비대에게 보내주마."

도적 두목은 눈앞에서 벌벌 떨고 있는 소녀를 보고 웃음을 흘렸다.

정확히 말하면, 그녀가 타고 있던 마차 안에 있던 실명이 적혀 있는 영업 허가증을 보고.

"그래 그래. 오늘은 길드의 높으신 분들의 친척이라는 상등품이 손에 들어왔구나. 그것 외에는 용돈 정도로 하고 빨리 철수하는 게 좋겠군. 그렇지? 나탈리 카우프만?"

도적 두목이 이름을 부르자 금발 소녀는 몸을 흠칫했다.

"카우프만인가, 상업 길드에서는 자주 듣는 성씨구만. 이건 한 몫 벌 수 있겠는데?"

그런 도적 두목을 나탈리라고 불린 소녀는 떨리는 눈으로 째려보았다.

"소, 소용없어. 너희들……. 나 같은 거 때문에 아버님이랑 할아버님은 움직이실 분들이 아니야. 비열한 너희의 말을 듣지 않으실 거야."

"그걸 정하는 건 아가씨가 아니야. 비열하다니, 우리는 착한 편이라고? 이 임지에 살면서 정기적으로 하급 직업이나 초급 직업들을 교육해주니 말이지. 초보자니까 세상 물정을 모르는 채로 마을 밖으로 나오려고 하면—— 험한 꼴을 당하고 죽어버린다고 말이야."

"히익……."

도적 두목은 나탈리에게 보란듯이 검을 뽑았다. 그 순간.

"크아아아악!"

도적 두목의 눈앞으로 동료가 날아가더니 나무에 부딪혀서 쓰러졌다.

"음……?"

"이것 참, 상냥한 충고를 해 줘서 고마워, 지역밀착형 도적들. 이런 건 네 말대로 마을에서 배울 필요가 있을 것 같군."

도적이 날아온 방향을 보자 그곳에는 장검을 어깨에 짊어진 《운반꾼》이 있었다.

"너, 그 검은 뭐야……?! 녀, 녀석들은 어쨌어……?!"

"뒤에 누워 있잖아."

《운반꾼》의 뒤에는 동료들이 쓰러져있었다.

아무도 움직이지 않았다.

"……눈을 뗀 순간에 잘도……?! ——이 자식!"

도적 두목은 들고 있던 검으로 베려고 들었다.

"느려."

그러나 두목의 공격은 운반꾼이 들어 올린 검에 막힌 것도 모자라 오히려 튕겨 나갔다.

초급 직업인 《운반꾼》이 한 손으로 들고 있는 검에.

"뭐……뭐야, 이 힘……! 운송주머니를 가지고 있다는 말은 운반꾼이라는 거잖아?! 어째서 이렇게 힘이 센 거지……?!"

"이런저런 일이 있어서 말이지. 내 사정이니까 신경 쓰지 마. ……그래서 뭐, 이제 실험을 할 건데."

그렇게 말하면서 운반꾼이 다가온다.

초급 직업일 터인 남자가 이해할 수 없는 중압감을 내뿜으면서 검을 들고 자세를 취하고 다가온다.

"저, 정체가 뭐야, 너는……."

"뭐, 그저 《운반꾼》이 용기사 스킬을 재현해 볼 테니까 어울려 달라는 거지. ——받아라, 【드래곤 바이트】……!"

순간, 전신을 압박하는 듯한 위압감을 느꼈다.

무심코 두목은 뒷걸음질 쳤다.

"이, 이런 초급 직업이 있는 게 말이—— 큭."

그런 말을 한 동시에 무시무시한 충격을 받고 의식을 잃었다.

나는 완전히 기절한 도적들을 확인하고 자신이 휘두른 검을 쳐다봤다.

"검을 휘두르는 속도는 그럭저럭 나오는 모양이군."

"그러게. 그리고…… 마지막에 뭔가 검이 빛난 것처럼 보였어."

"아니, 그렇지만 스킬을 사용한 감각은 없단 말이지. 【드래곤 바이트】라고 말하면 나올까 싶어서 휘둘러봤지만, 그냥 평범하게 휘두른 꼴이 되어버렸어."

혹시 스킬이 발동했다면 두 번의 공격이 동시에 상대방을 덮쳤을 것이다.

그냥 검을 휘두르는 것만으로는 절대 일어날 수 없는 현상이지만 스킬을 사용하면 가능하다. 그렇지만 그런 일은 없었고 상단 공격과 하단 공격이 따로따로 들어갔다.

결국 스킬은 발동되지 않았다는 뜻이다.

"그런가. 그럼 조금 빛난 것처럼 보였던 건 착각이었나 봐."

"그래, 그건 나중에 알아보자."

뭐, 그냥 실험해봤을 뿐이지 기대했던 것은 아니다.

운반꾼이니까 사용할 수 없는 것이 당연하다.

용기사 스킬을 비슷하게 흉내 낼 수 있는 것만으로도 충분히 이득이다.

"그나저나 초급 직업이라는 걸 들키면 곤란할 때도 있구나. 얕보여서 습격당해보긴 처음이네."

"응. 직업을 들키면 이런 귀찮은 일이 생기는 모양이야."

"좋은 걸 배웠군. 그럼 이제 생각해야 할 게…… 이 도적들은 어떻게 할까."

오랫동안 여기서 도적질을 하고 있다고 했으니까 바람의 도시 경비대에 맡기는 것이 제일이지만, 어떻게 할까.

일단 항상 가지고 다니는 줄을 꺼내 도적들의 손을 차례차례 묶었다.

"이대로 질질 끌고 갈까?"

"아니, 그건 싫은데……."

역시 대여섯 명이나 되는 사람을 끌고 가는 것은 무겁고 귀찮았다.

어떻게든 좋은 방법이 없을까 생각해 보다가 깨달았다.

"그럼…… 여기 넣어볼까?"

나는 운송주머니의 입구를 크게 벌렸다.

"어? 운송주머니에 넣으려고?"

"내 손발을 넣어도 괜찮았으니 몸을 넣어도 괜찮지 않을까 싶어서."

운송주머니에 손발을 넣어도 특별히 눌리거나 찌부러진 적은 없다. 이미 확인해봤다.

그러니 아마도 이 도적들을 넣어도 괜찮을 것이다.

확증은 없었으므로 일단 시험 삼아 한 사람, 한 사람 차근차근 넣어 보았다.

"좋아. 전부 들어갔다. 이제 옮길 수 있겠군."

"와, 뭔가 굉장하네."

운송주머니에 도적이 꽂꽂이 꽃처럼 꽂혀 있다.

숨을 쉴 수 있을지 없을지 몰라서 어깨 위로는 운송주머니 밖으로 나오게 했더니 이렇게 되었다.

운송주머니는 내 허가가 없으면 넣었다 뺐다 할 수 없으니 손발을 구속한 상태라면 안전하게 옮길 수 있을 것이다. 어차피 검 중간 부분으로 강하게 쳐서 기절시켜 놓은 상태라 당분간은 깨어

나지 않을 테지만.

그리고 운송주머니에 넣어두면 가볍게 옮길 수 있으니, 이제 바람의 도시로 돌아가기만 하면 된다.

"이봐, 상인 아가씨. 괜찮아?"

"아……."

아까부터 혼이 빠져나간 듯한 표정으로 이쪽을 바라보던 상인 소녀에게 말을 걸었다.

"험한 꼴을 당한 것 같은데, 다친 데라던가 없어?"

"아…… 으, 응. 마차에서 떨어진 것뿐이니까, 괜찮아."

그녀가 더듬더듬 대답했다. 망연자실한 상태에서는 벗어난 것 같다.

"그래? 다행이네. 아마 이제는 안전하게 별의 도시로 갈 수 있을 거라 생각하지만, 혼자 가기 무섭다면 나랑 같이 바람의 도시로 돌아가서 다시 정비하고 가는 게 나을 것 같은데 어떡할래? 같이 다시 돌아갈래?"

하고 물어봤더니 바로 고개를 끄덕였다.

"그, 그래. 그, 그렇게 해줘. 고마워……."

"좋아, 알겠어. 그럼 다시 출발!"

그렇게 우리를 습격했던 도적을 끌고 간다는 추가 업무를 마무리하기 위해 상인 소녀와 함께 바람의 도시로 발길을 돌렸다.

바람의 도시로 돌아온 우리는 우선 경비대 대기소로 갔다.

피해자인 나탈리도 함께 찾아갔기 때문에 도적들의 죄상을 밝히는 일은 어렵지 않았다.

도적들을 넘겨주고 나서 나탈리로부터 다시 한번 감사 인사를 받았다.

"구해줘서 고마워, 악셀 씨. 지금 이렇게 이야기할 수 있는 것도 당신 덕분이야."

나탈리는 가슴에 손을 얹고 진심으로 안심했다는 듯이 말을 흘렸다.

도적들이 붙잡혀 경비대에 의해 감옥에 갇힌 것으로 정신적 안정을 되찾은 것 같다.

"우선 아무 일도 없어서 다행이야."

"그래. 물건 중에는 깨졌거나 날것들은 몇몇 상한 게 있지만…… 목숨이나 내 몸에 비하면 중요한 것은 없으니까. 다시 열심히 하면 되겠지."

자기 자신에게 말하듯이 쓴웃음 지으면서 나탈리는 중얼거렸다.

아직은 다소 무리하는 것 같지만 다시 일어설 수 있으면 괜찮을 것이다.

"다음부턴 조심해. ──그럼 난 이만."

"어? 악셀 씨. 벌써 가는 거야?"

"그래, 여기는 일 하러 온 거니까. 본거지는 별의 도시거든."

오늘 밤에 집으로 전직의 무녀가 온다고 했으니까.

서두르는 건 아니지만 빨리 돌아가는 게 좋을 것이다.

"아직 보답도 못 했는데……."

"어쩌다 그렇게 됐을 뿐이잖아, 그렇게 신경 안 써도 된다니까."

"그래도…… 상인으로서 그건……."

경비대 대기소에서 이야기하고 있는데

"나탈리!"

옆에서 말쑥한 노신사가 뛰어들었다.

그 기세 그대로 나탈리를 끌어안았다.

"으윽, 하, 할아버님?"

"아아, 나탈리. 도적들에게 습격당했다는 보고가 들어왔을 때
는 가슴이 철렁했는데 무사해서 다행이구나. 다행이야……."

아무래도 나탈리의 친척인 것 같다.

머리 색, 얼굴 생김새도 닮은 것 같다

"할아버님. 여, 여기서 이러시면 부끄러워요."

"그게 무슨 소리냐! 소중한, 소중한 손녀딸을 이제 볼 수 없을
뻔했다! 이 정도는 허락해줬으면 좋겠구나……!"

나탈리보다도 분위기가 뜨거운 것 같아 나이와 맞지 않게 기운
넘치는 사람이다.

"자네가 우리 손녀딸을 구해 준 청년인가."

노신사의 얼굴이 이쪽을 향했다. 그리고는 내 얼굴과 어깨의
운송주머니를 보고 눈을 가늘게 떴다.

"그 운송주머니…… 자네, 운반꾼…… 인가?"

"그야, 뭐, 그렇지. 막 최근에 전직한 참이지만."

내 말에 노신사는 한층 더 눈을 가늘게 떴다.

"이제 갓 전직한 초급 직업…… 게다가 그 직업이 《운반꾼》인데 어떻게 손녀를……."

라고 말하고 나서 노신사는 고개를 저었다.

"아니, 그런 것은 상관없군. 중요한 것은 자네가 손녀를 구해줬다는 사실이다. 나는 이 도시의 상업 길드 서브마스터, 도르트 카우프만이라고 하네. 오늘은 정말로 자네에게 아무리 감사해도 부족하군. 진심으로 고맙네."

"아니, 괜찮아. 이번 일은 어쩌다 일어난 일이니까, 그렇게까지 신경 쓰지 않아도."

나탈리에게도 했던 말을 강조해서 다시 말했지만, 도르트는 진지한 얼굴로 고개를 저었다.

"그럴 수는 없지. 손녀를 지켜 준 사람인데 은혜를 같은 가격으로 갚지 않으면 난 상인으로서 실격일세."

그 눈에는 조금 전까지 손녀딸을 사랑하는 눈빛은 온데간데없고 상인으로서의 의지가 느껴졌다.

"무엇이든지 필요한 건 없는가? 내 권한과 힘으로 가능한 것이라면 도와주도록 하지. 이 바람의 도시, 아니 이 나라 굴지의 상업 길드라네. 웬만한 건 뭐든 해 줄 수 있지."

도르트는 바람의 도시 중앙 부근에 서 있는 탑을 바라보면서 말했다. 저 탑이 상업 길드 본거지다.

"아쉽지만 지금은 떠오르질 않는군."

정말 필요한 게 뭔지 마땅히 떠오르는 것이 없었다. 지금은 갓 전직해서 운반꾼의 정보를 모으는 것만으로도 바쁘기 때문에 딱히 떠오르는 것이 없었다.

"그, 런가…… 그럼, 시간이 날 때 식사라도 한 끼 대접하겠네. 그때 다시 한번 물어보도록 하겠네. 어떤가?"

"아, 그 정도라면 괜찮아. 오늘 밤에 선약이 있어서 별의 도시에 돌아가 봐야 하거든."

상업 길드에는 조금 흥미가 있다.

《운반꾼》이 되었으니 장사에 대한 것도 이것저것 알아두고 싶었는데 마침 좋은 기회가 찾아 온 것이다.

그렇게 생각해서 대답했더니 노신사는 천천히 고개를 끄덕였다.

"그런가……! 그럼, 보답은 그때 다시 만나서 하고 싶군. 그러니 이름을 물어봐도 되겠나?"

"그래. 내 이름은 악셀이고 이 아이는 바젤리아야. 이제 막 전직해서 이리저리 바쁘게 움직이는 중이라 별의 도시에 계속 있는 건 아니지만, 잘 부탁해."

"별의 도시의 《운반꾼》 악셀 군, 바젤리아 군인가. 머지않아 다시 이쪽에서 찾아가도록 하지. ……나는 특별한 일이 없으면 바람의 도시 상업 길드에 있으니 이 마을에 다시 돌아오면 꼭 찾아 와줬으면 좋겠네. 그때는 최선을 다해서 환대하겠네!"

그렇게 말하고 손을 내밀어서 악수를 청했다. 우호적으로 다가와 주는 것은 고마운 일이다.

"그럼, 다음에 다시 만나자."

"그래. 이번에는 정말 고마웠네, 악셀 군."

악수하고 바젤리아와 함께 그곳을 떠났다.

"그런데, 악셀…… 인가. 용사와 같은 이름이라니, 이것도 또 대단한 이름이 나왔군…… 그럼……."

도르트와 대화를 끝내고 다시 남문을 빠져나가서 별의 도시로 향하는 길.

"주인──, 또 빛나고 있어──."

"아, 또 레벨업 했구나."

내 주머니가 빛나고 있었다.

전직해서 이미 여러 번 봤다고는 하나 내가 생각해도 너무 당연하게 받아들이고 있었다.

나는 걸어가면서 스킬표를 확인했다.

【규정 인원수 운송── 레벨업!】【운송주머니 단계 5 내부 100% 확장, 선도·상태 보존 100% 기능추가】

"와, 운송주머니가 또 진화했네!"

"이 설명만 가지고는 대체 무슨 소리인지 모르겠는데, 부연 설명을 봐야겠어……. 으음, 수납물의 체력, 생명·마법 에너지를 그대로 장기간 보존 가능. 열에너지 보존은 보온·보냉 기능 준한다라…… 결국 무슨 뜻이지? 살아있는 생물을 넣으면 살아있는 채로 꺼낼 수 있다는 말인가?"

설명을 문자 그대로 받아들인다면 그런 뜻이 된다.

"식품의 선도를 유지한 채 옮길 수 있겠군."

"우와──. 그 말은 여행지라든지 어디든지 신선한 식재료를 꺼낼 수 있으니 주인이 한 요리를 마음껏 먹을 수 있다는 말이네?!"

"넌 정말 식욕에 솔직하구나, 바젤리아. 그래 뭐, 전에도 보온·보냉 기능은 있었지만 어디까지 되는 건지 몰랐으니까, 한층 더 여행하기 편한 도구가 됐네. 급할 때는 사람을 넣어도 괜찮을 것 같고."

이번에 도적을 운송했을 때처럼 넣는 방법을 응용하면 구속 도구 대신으로 쓸 수도 있다.

평범하게 생물을 옮길 때도 사용하고 묵을 곳이 없을 때는 텐트, 침낭으로도 쓸 수 있을지 모른다. 그렇다고는 해도 직접 들어가려면 실험이 필요하겠지만.

"응. 운송할 수 있는 폭이 늘어난 것 같아서 기분 좋군."

"그렇네. 이런 조건이라면, 작은 애완동물이나 정령이라도 옮길 수 있을 테고."

"그래, 그리고 마음에 걸리는 것은 생명·마법 에너지와 열에너지를 설명한 부분인데……."

돌연 앞에서 기묘한 기척이 느껴져 돌아 봤더니 전방 10m 정도 떨어진 곳에 커다란 물체가 있었다.

"아, 오우거다."

녀석은 고블린의 머리를 게걸스럽게 뜯어먹으면서 이쪽을 쳐다보고 있었다.

"꽤 큰 놈이네."

"그래, 요전에 고블린이 대량 발생해서 여기까지 왔을지도 모르겠어."

"고블린을 먹이로 삼는 오우거도 많으니까. ──아, 이쪽으로 오는데?"

오우거가 인간의 몇 배나 되는 거구를 엉큼성큼 침을 흘리며 다가오기 시작했다.

"우리를 먹이로 보는 것 같네."

마수라는 것은 그런 것들이다. 우리를 노린다면 쓰러트릴 뿐이다.

하지만 말은 해도 오우거의 육체에는 마력이 깃들어 있어서 베기와 찌르기에 내성을 가지고 있다. 용기사 시절에 쓰던 무기라면 문제없이 쓰러트릴 수 있겠지만 전투 스킬이 없으면 조금 시간이 걸릴지도 모른다.

운송주머니에서 무기를 꺼내려던 순간, 문뜩 다른 아이디어가 떠올랐다.

"……아, 바젤리아, 가방 안을 향해 공격 마법을 사용해 줘."

검과 창을 꺼내고 운송주머니를 바젤리아에게 내밀면서 말했다.

"응? 공격 마법이라니, 난 화염밖에 사용할 줄 모르는데, 괜찮아? 운송주머니가 타지 않을까?"

"집에서 시험 삼아 불태워 봤을 때는 멀쩡했으니까 괜찮을 거야."

주머니의 안과 밖, 전부 횃불이나 강력한 마도구로 만들어 낸 불에 가까이 대 봤지만 그을리지도 않았다.

"그래? ……그럼,【연옥의 용식】!"

살짝 주춤 하면서 가방을 향해 바젤리아가 손을 뻗었다.

그러자 파란색과 주황색이 어우러진 불꽃이 나타났다.

"어라?! 괴, 굉장해, 안으로 들어갔어!"

"그래, 예상대로 불꽃도 넣을 수 있는 모양이야. ……잘했어, 바젤리아. 이 정도면 됐어."

"으, 응."

그리고는 십여 초 정도 끝없이 화염을 빨아들인 운송주머니에 천천히 손을 댔다.

"괜찮아? 뜨겁지 않아?"

"전혀 문제없어."

운송주머니 곁에는 전혀 열기가 느껴지지 않았다.

나는 그대로 여전히 침을 흘리며 다가오고 있는 오우거를 향해 운송주머니의 입구를 열어둔 채로 내려놓았다.

운송주머니의 스킬 설명에 에너지도 보관할 수 있다는 항목을 봤을 때부터 해보고 싶었던 일이다.

"이런 응용도 가능하지 않을까. ──나와라【연옥의 용식】!"

그 직후.

──쿵!

굉음을 내며 용의 업화가 뿜어져 나오기 시작했다.

가방이 날아가지 않도록 누르고 있는 다리에 반동이 느껴졌지만, 한발로 억누를 수 있는 정도였다.

"좋았어, 됐다, 해냈어!"

땅조차 녹여버릴 듯한 기세로 오우거를 향해 화염이 날아들었다.

"──────?!"

지옥의 업화를 그대로 맞은 오우거는 놀란 표정 그대로 불타 바닥에 쓰러졌다. 그것을 본 나는 고개를 끄덕였다.

"이게 마법 에너지 보존이라는 건가. 집어넣을 때의 화력이 그대로 나오는 모양이네."

이거라면 불이나 마법뿐만 아니라 냉기 같은 것도 운송주머니에 넣을 수 있지도 모른다.

만약 그렇다면 옮길 수 있는 물건의 폭도 넓어질 테고, 마수가 마법으로 공격하더라도 운송주머니만으로 반격할 수 있을 것이다.

"주인── 괜찮아?"

"응, 뭐가?"

"아니, 화염의 열기에 화상이라도 입지 않았나 싶어서 걱정돼서. 난 마법을 적당하게 조절할 줄 모르니까……."

"화상 같은 건 전혀 입지 않았으니까 그런 불안한 표정 짓지 않아도 돼. 운송주머니는 발로 누르고 있었고, 애초에 운송주머니도 전혀 뜨겁지 않으니."

그러자 바젤리아는 안도의 한숨을 내뱉고 미소지었다.

"그렇구나. 다행이다. 내 마법도 옮긴다니 주인, 《운반꾼》으로서 좀 더 강해졌네."

"아니, 이만큼 강한 화력을 낼 수 있는 것은 바젤리아 덕분이야. 다른 마법이면 이만한 위력은 나오지 않을 테니. 그러니 고마워."

고맙다는 말에 바젤리아는 조금 부끄러워하면서도 기쁜 듯이 웃었다.

"으응. ……에헤헤, 오랜만에 도움이 된 것 같아서 기뻐──! 계속 《운반꾼》으로서 굉장해지는 주인한테 뒤처지지 않도록, 앞으로도 열심히 할게!"

"하하, 아직도 《운반꾼》다운 일이라고는 사람을 옮긴 것 밖에 없지만 말이야."

그렇지만 뭐, 레벨업 덕분에 운송주머니가 쓰기 편하게 진화하는 것은 좋은 일이다.

이렇게 해서 전직 한지 이틀만에 또 한 단계 《운반꾼》으로서 성장할 수 있었다.

하늘이 황금빛으로 물들기 시작했을 무렵, 도르트는 바람의 도시에 있는 상업 길드에서 업무를 보고 있었다.

"도르트 부회장님! 보고입니다. 위험한 것이 발견되었습니다!"

길드에 소속된 젊은 사내가 급박한 목소리로 소리쳤다.

"무슨 일인데 그리 당황했나. 위험한 거라니?"

"예, 별의 도시로 이어지는 길에서 오우거의 사체가 하나 발견되었다는 보고가 들어왔습니다!"

"흐음……?"

오우거는 미개척지대인『원시생림(프리모디얼 포레스트)』에 서식하고 있는 대형 마수이다.

베기나 찌르기에 내성을 가지고 있으며 마왕 전쟁 때는 수많은 병사를 도륙한 위험한 존재다. 별의 도시의 감시망을 빠져나와서 여기까지 온 것인가.

그러나 그런 마물이라도 물이나 전격 같은 마법이 능숙한 모험가 파티라면 어려움 없이 쓰러트릴 수 있는 수준이다.

대도시인 별의 도시나 바람의 도시에는 숙련 모험가 파티가 모여 있기 때문에, 위험한 마수가 발견된다 하더라도 즉시 토벌 의뢰가 나오므로 금방 처리된다.

"무얼 그렇게까지 당황하는 거지?"

그러자 젊은이는 한 장의 종이를 보여주었다.

"이것이 보고서입니다만…… 오우거를 발견했을 때는 이미 검게 불타 거의 탄화한 상태였다고 합니다."

"탄화라고? 오우거는 화염 내성이 상당히 높은 마수일 터인데."

상급 마법사 십여 명이 모여 함께 공격해 화상이나 겨우 입히는 정도의 내성이다.

"……숙련 마법사 집단이라도 지나갔나?"

"아니요, 그런 연락은 오지 않았습니다. 오우거를 발견한 상인의 보고에 따르면 사람 발자국도 그 정도로 많지는 않았다고 합니다. 물론 다른 마수의 발자국도 없었습니다."

"……그럼, 고작 몇 명이서 오우거를 불태워버렸다는 말인가? ……별의 도시에 마법연구소나 마술 길드가 있다고는 하나, 내가 아는 한 그렇게 강력한 마술사는 없었는데?"

그러기는커녕 마법사 길드에 있는 모든 상급 마술사가 동시에 화염 마법을 사용하더라도 오우거를 검게 태울 수 있을지 조차 의심스럽다. 물론 그렇게 강력한 마도구가 개발되었다는 정보도 들은 적이 없다.

즉, 내가 모르는 강자가 별의 도시에 있다는 뜻이었다.

어디까지나 가능성일 뿐이다. 내일 아침부터 별의 도시로 물건을 매입하러 갈 예정이니, 그때 길드에서 가볍게 정보를 모아봐야겠다.

"도대체 어디에 어떤 마법사가 숨어있단 말인가. 무슨 직업을 가지고 있기에……."

바람의 도시에서 집으로 돌아왔을 때는 이미 어둑어둑해질 무렵이었다.

늦기 전에 돌아와서 다행이라고 생각하면서 집으로 돌아왔는데.

"아, 악셀 님. 기다리고 있었습니다."

집 앞에 전직 신전 무녀가 있었다.

그리고 그녀뿐만이 아니라.

"악셀 씨——. 기다리고 있었어요."

왠지 팡도 있었다.

"너…… 공주의 호위가 끝나서 왕도로 돌아간 것 아니었어?"

"음, 그게, 지난번 보수가 역시 너무 적은 것 같아서 말이죠. 조금 더 드리려고 돈을 가지고 왔습니다. ……반쯤 구실이지만요. 실은 왜 악셀 씨한테 이런 직업이 나왔는지 제가 이유를 직접 신전 소속 사람한테 듣고 싶어서 왔습니다."

"정말 솔직하게 말하는군."

내가 어이없어하고 있는데 전직의 무녀가 진지한 얼굴로 팡을 바라보았다.

"팡 님. 직업 관련해서는 개인 정보이기 때문에 당사자의 허가가 없으면 다른 분에게 함부로 발설할 수 없습니다."

"……그런……!"

"이것만은 아무리 용사님이라고 해도 양보할 수 없습니다. 어떻게 할까요, 악셀 님?"

무녀가 팡에게 충고하고 나서 내 쪽을 바라보았다.

나한테 허가 여부를 묻는 거겠지.

직업이라는 것은 그 사람의 힘이나 재능이 그대로 드러나는 것이기에 숨기는 게 당연하다.

"뭐, 이번에는 같이 들어도 괜찮겠지."

그렇게 말하자, 팡의 눈이 대번에 반짝였다.

"그래도 될까요?!"

"그래. 사정과 비밀을 알고 있는 녀석이 하나 있으면 나도 나중에 움직이기 편하니까."

이번에 일을 준 것도 있고, 알려준다고 해도 손해 볼 것은 없다. 팡이라면 성실한 성격이니 비밀을 멋대로 말하고 다니는 일도 없을 것이다.

"네, 감사합니다! 곤란한 일이 있으면 말씀해 주세요. 악셀 씨를 위해서라면 분골쇄신하겠습니다!"

"그런고로 나, 바젤리아, 팡 이 셋이서 전직의 신의 이야기를 들으려고 하는데 괜찮지?"

"악셀 님이 허가한다면 문제없습니다."

"그럼 안으로 들어와. 차라도 대접할 테니."

그렇게 해서 두 사람을 집에 들이고 차를 대접하고, 거실 테이블에 둘러앉아서 전직의 무녀로부터 보고를 듣기로 했다.

"그럼, 먼저 이것을 봐주세요."

자리에 앉자마자 전직의 무녀가 한 장의 종이를 꺼내놓았다.

거기에는 《수호 전사》나 《마법 전사》 등, 여러 직업이 놀랄 만큼 한가득 적혀 있었다.

"이건?"

"악셀 님이 적성이 있던 직업들입니다."

"으음? 무슨 뜻이야?"

"전직의 신께서 말씀하시기를, 악셀 님의 전직에 대해서는 어떤 직업으로 할지 신들이 쟁탈전을 벌인 끝에 나온 직업이라고 합니다. 이 종이에 쓰여 있는 신들께서 경쟁하셨다는 뜻이 되는 거지요."

"쟁탈전이라니, 신들께서? 무슨 말인지 잘 모르겠네."

"그러게요. 전직이라는 것은 그 방면에 제일 적성이 맞는 직업으로 정해지는 게 보통인데……."

나와 팡의 의문에 전직의 무녀가 고개를 끄덕였다.

"네, 그 말이 맞습니다만, 복수의 적성이 동등하게 나온 경우에는 추첨을 통해서 정하게 되어있습니다. ……악셀 님은 용기사 외에 직업을 가진 적이 없으시죠?"

"그래. 처음부터 용기사왕의 투구를 쓰고 있어서 계속 용기사였어. 틈을 봐서 벗으려고 했더니 자동으로 다시 돌아오더라고."

그 투구는 벗기도 힘들거니와 벗으면 강제적으로 다시 머리로 돌아오기 때문에 고생이 말이 아니었다. 지금 보면 가히 저주라고 부를만한 것이었다.

"악셀 님은 통상적인 방법으로 올라간 게 아니라 처음부터 용기사이셨기 때문에 기초 적성이 깨끗한 상태이셨습니다. 그 때문에 어떤 직업이라도 똑같은 적성을 가지게 되셨죠."

"그래서 추첨했다고."

"네. 얼마나 많은 신들이 원하셨는지, 말로도 주먹으로도 결판이 나지 않자 결국 추첨을 하였는데, 거기서 운반꾼의 신이 뽑히신 겁니다."

내 직업을 가지고 주먹다짐이 있었다니. 신들은 대체 어떤 방식으로 직업을 결정하고 있는 걸까.

뭐, 적성이 아무것도 없는 것보다야 낫지만.

"그 말은 즉, 운반꾼이 된 것은 우연히 《운반꾼》의 신이 뽑혀서라는 건가?"

"그렇습니다. 전직의 신께서는 『그【운반꾼】을 담당하는 조그마한 신이 「미안……내가 뽑아버렸어……」라고 새파랗게 질린 얼굴로 반쯤 울면서 말하더라──』라고 말씀하셨습니다."

과연. 내가 운반꾼이 된 경위는 알았다.

"그럼 내 능력치가 이상한 이유는 뭐야?"

그 이유는 아직도 모른다. 그러니까 다시 설명을 구했지만 전직의 무녀는 미안한 듯이 고개를 저었다.

"죄송합니다. 그건 아직 신들 사이에서 조사 중이라고 합니다. 좀처럼 없는 일이라 조사를 담당하시는 신들도 재밌어하시는 모양입니다만."

"생각외로 신들께서는 무사태평하시구나. 뭐, 조사해준다면 괜찮지만, 어째서 이렇게 됐을까. ……보통, 이렇게 능력치가 S가 되는 일은 없지?"

내가 스테이터스표를 보여주면서 말하자, 무녀는 말할 것도 없이 고개를 끄덕였다.

"운반꾼은 그 편리하고 유용한 스킬과는 반대로 압도적으로 낮은 스테이터스가 단점이니까요. 악셀 님의 등장으로 예외가 생겨난 탓에 신들께서도 깜짝 놀라셨습니다. 전직 신전에서도 당황하셨습니다. 전대미문이다! 라고요."

"그 정도인가?"

"당연합니다. 이 소식이 밖으로 나간다면 운반꾼에 대한 인식이 단번에 뒤집힐 수도 있으니까요."

"아, 그건 그렇네요. 제 인식도 바뀌었다고 할까, 초급 직업의 개념이 무너졌으니까요. 이게 알려진다면 반드시 큰 소동이 일어날 겁니다."

무녀의 말에 팡도 고개를 끄덕이며 동의를 표했다.

초급 직업의 스테이터스가 높다는 것만으로 이렇게 큰 사건이 되다니. 계속 용기사였기 때문에 세상 물정을 모르고 있었나 보다.

이런 것은 상식으로 배워두지 않으면 안 되겠군.

"그렇구나. 나도 그런 소동을 일으키고 싶지는 않으니까. 돈이 부족한 것도 아니고, 평범하게 《운반꾼》으로서 열심히 해볼까. 바젤리아."

"응! 주인이랑 같이 나도 열심히 할게!"

그런 나와 바젤리아의 말을 들은 전직의 무녀는, 아하하, 하고 쓴웃음 지으면서 볼을 긁었다.

"평범하다고 말하기에는 악셀 님은 레벨을 너무 빠르게 올리시는 것 같지만요."

"아니 올리기 쉽다고 말한 건 그쪽인데?"

"아니요…… 레벨업 조건은 사람마다 다를 수도 있습니다만, 아무리 초급 직업이라고 하더라도 이렇게 빨리 오르는 건 조금 이상합니다."

"그래요. 저도 말했잖아요. 이건 너무 빠르다고요."

"그렇게 말해도……."

멋대로 오르는 건 어쩔 수 없다.

점점 운반꾼으로서 유능해지고 있으니 레벨을 올려서 나쁠 건 없다.

"뭐, 악셀 님의 레벨업이 빠른 것도 포함해서 조사하신다고 합니다. 또 무슨 일이 있으면 보고 드리겠습니다. 평소에 하늘에 계시는 신님들께서도 머지않아 있을 교신기(交神期)에는 지상으로 강림하시니 그때 잔뜩 물어보는 게 좋을지도 모르겠습니다."

"그래. 새로운 정보가 들어오면 연락해 줘."

"알겠습니다. 이상이나 달라진 것이 있으면 다시 신전으로 와 주시면 감사하겠습니다. ──그럼 이만 돌아가겠습니다."

인사를 나누고 전직의 무녀는 집을 떠났다. 그런 무녀의 모습을 보면서 이번에 얻은 정보를 정리했다.

수수께끼는 꽤 많이 남았지만.

"우선 나는 정식 절차를 거쳐서 운반꾼이 되었다는 것."

"주인을 어떻게 대우할지 신님들께서도 소란스러웠나 봐."

바젤리아와 이야기하고 있으니, 팡이 입가를 씰룩이면서 웃었다.

"그 설명을 듣고 그런 간단한 감상으로 끝난다니. 정말 악셀 씨는 긍정적이시네요……."

"그런가? 딱히 부정적인 이야기는 없었잖아?"

"그래도 운이 좋았으면 좀 더 좋은 직업이 됐을지 모른다고요?!"

"아니, 이미 운은 충분히 좋은 것 같은데. EX라고?"

용기사보다 더 운이 높은데.

"지금 딱히 곤란한 것도 없고, 문제없어."

얕보여서 습격당한 적은 있지만 반대로 상대방을 방심하게 만들기도 하니까 일장일단이다.

그렇게 말하자 후, 하고 팡이 한숨을 토했다.

"악셀 씨는 정말…… 굉장하시네요. 이번에도 악셀 씨 한테는 폐를 끼쳤지만…… 저, 정말 악셀 씨를 본받아서 노력할게요."

"그렇구나. 날 본받는지 아닌지는 차치하고 노력하는 건 좋은 거니까, 응원할게."

"네, 감사합니다!"

팡이 양손으로 주먹을 쥐면서 힘차게 말했다.

뭐라고 할까, 용기사를 그만뒀어도 이 용사와의 관계는 별로 변하지 않는구나.

최강 직업(용기사)에서 초급 직업(운반꾼)이 되었는데,
어째서인지 용사들이
의지합니다

제2장 ◆ 초보 운반꾼, 일하는 법을 배우다

　용사의 의뢰를 끝내고 전직의 무녀로부터 설명을 들은 다음 날 아침.

　나는 바젤리아와 함께 집 근처 찻집에서 아침 식사를 즐기고 있었다.

　"이야, 이렇게 느긋하게 지내는 건 오랜만이네, 주인."

　"평범하게 전직할 셈이었는데, 여러 가지 파격적인 일이 있었구나."

　원인을 밝히려고 해도 결국 드러나는 건 없었고.

　그렇지만 내가 어엿한 운반꾼이라는 것은 알았다.

　오늘부터 초보 《운반꾼》으로서 일을 시작할 예정이다.

　"바젤리아. 오늘은 길드를 몇 군데 돌아보려고 하는데 같이 갈래?"

　"물론. 나도 주인이랑 같이 갈래! 그런데 왜 길드에 가는 거야?"

　"몇 건 정도 의뢰를 맡아 하기는 했지만 본격적인 운반꾼 일은 이제 처음이잖아? 그러니 기초를 배워두는 편이 좋을 것 같아서."

　지금 내가 알고 있는 것은 운송주머니의 기능이 얼마나 편리한가 정도이다.

그 정도로 운반꾼이라는 직업에 대해 아무것도 모르는 상태다.

……이제 막 전직했으니까 제 몫을 다하기 위해서라도 이 일에 대해서 좀 더 배워야 한다.

어제까지도 시세가 어느 정도인지조차 모르던 상황이다. 지금까지 계속 용기사로서 전투만 했으니 운반꾼 일은 어떻게 시작해야 하는지 통 모르겠다.

지난번에는 용사와의 인맥으로 어떻게든 일을 구했지만, 매번 이런 식으로 일을 받을 수는 없다. 운반꾼으로 생활하면서 도시 밖으로 여행도 해보고 싶고.

듣자하니 모험가 길드나 상업 길드에서 일을 소개, 알선 받는다고 하는데 어떻게 하는 건지를 전혀 모른다.

"우선은 상업 길드에 가서 정보를 수집하고, 공부해보자."

"아, 그렇구나. 우리는 운반꾼의 정석이라든가 잘 모르니까."

상업 길드와 모험가 길드, 두 곳 다 아는 사람은 없다. 그래서 우선은 상업 길드에 가서 정보 수집해 보기로 했다.

"응, 알았어! 나도 도와줄게! 내 귀는 목소리가 잘 들리니까. 주인에게 도움 될 만한 이야기를 빠짐없이 들을 수 있을 거야."

"그래. 잘 부탁한다. ──그럼, 운반꾼하고 관계가 있을 법한 사람들을 찾아보러 가볼까."

"응──!"

우리는 별의 도시에 있는 상업 길드로 갔다.

우리가 방문한 곳은 마을 중심에 있는 상업 길드다.

상업 길드는 주점이 병설된 3층 목조 건물로, 나무로 된 문이 안쪽에서 끼익거리며 소리를 내고 있었다.

평소에도 여러 사람이 모이는 곳이라 정보를 얻기 쉽고 길드의 창구를 통해서 사람을 소개해 받을 수도 있을 터다.

"…………"

상업 길드 건물에 들어선 순간 갑자기 건물 안이 조용해졌다.

게다가 사람들이 이쪽을 뚫어지게 쳐다보고 있었다.

심지어 테이블에 앉아있던 사람들까지 기이한 시선을 보내고 있었다.

"왠지 이상하다는 시선을 받고 있네. 주인. 적의는 없는 것 같지만……."

"그러게. 이상한 거라도 본 것 같은 표정이군."

그들이 보고 있는 것은 내가 아니라 나와 같이 있는 바젤리아와 어깨에 있는 운송주머니였다.

뭐가 그렇게 이상한거지, 생각하면서 『접수』라고 적혀 있는 카운터를 향해 걸어갔다.

"……어이, 왜 초급 직업이 길드에 섞여 들어왔지?"

작지만 뚜렷한 목소리가 들렸다.

카운터 옆에 있는 테이블에 앉아 있는 전사 그룹 쪽에서 난 목소리였다. 아니, 그들뿐만이 아니었다.

"……미인이랑 같이 왔고, 어딘가의 도련님이 오신 거 아닌가?"

"하하, 누가 좀 가르쳐 줘. 큰 손인 상업 길드에 오기에는 아직

이르다고…….”

1층 주점에 있던 사람들이 제각각 한마디씩 하기 시작했다.

쿡쿡 하고 웃음소리마저 섞여 있었다.

반응을 보아하니 이 길드는 신출내기가 올 만한 장소가 아니었나보다.

“주인, 주인을 대놓고 무시하는 걸 볼 때 마다 몹시 날뛰고 싶어지는데, 그래도 돼?”

“진정해, 바젤리아. 다르게 생각하면 이것도 정보 중 하나니까, 이건 이거대로 이득이야.”

……그래, 우리는 일을 받기 위한 룰이나 방식은 하나도 모르니까…….

우선 그것부터 배울 필요가 있다.

이렇게 주목받는 것은 조금 기분 나쁘지만, 이번에 배운 것은 적지 않았다.

“으음…… 주인은 너무 착한 것 같아…….”

“얻은 정보도 있으니 이제 됐잖아. 얕보이는 것은 나도 좋아하진 않지만.”

바젤리아와 이야기 하고 있자 카운터 너머 안쪽에서 누군가의 목소리가 들려왔다.

“흠, 평소보다 소란스러운데, 무슨 일인가?”

목소리의 주인을 찾아봤더니 거기에는 풍채 좋은 노신사가 있었다.

"응?"

"아──! 저 아저씨, 본 적 있어!"

나도, 바젤리아도 알고있는 사람이었다.

그리고 상대방도 나를 기억하고 있었다.

"자, 자네는…… 악셀 군과 바젤리아 군이 아닌가?!"

"아~ 역시. 바람의 도시에서 만났던 아저씨잖아. 도르트 · 카우프만 씨였던가?"

어제 바람의 도시에서 만난 상인이 거기 있었다.

"음, 그렇다네! 기억하고 있었다니 기쁘군. 게다가 우리 길드 지부에 와 주다니."

"어라? 여기, 도르트 아저씨네 길드였어?"

바람의 도시에 있다고 들었는데, 별의 도시에도 지부가 있다고는 생각지도 못했다.

"그것도 모르고 이곳에 온 겐가?! 우리 길드는 제법 큰 규모를 자랑한다네. 이 나라 거의 모든 도시에 지부가 있네만……."

"공교롭게도 지금 처음 들었어. 상업 길드에는 와본 적이 없어서."

"……그런가, 자네는 초보 운반꾼이었지. ……그렇다면 오히려 잘됐네. 자네 이름과 별의 도시에 산다는 것은 들었지만, 어디 사는지 물어보는 것을 잊어버렸으니까 말일세. 오늘 안으로 어디에 사는지 찾아보려고 별의 도시 지부에 왔는데…… 이렇게 빨리 만나게 되다니!"

도르트는 승리의 포즈를 취하더니 내 쪽으로 걸어왔다.

"여기 왔다는 건 시간에 여유가 있다는 건가? 괜찮다면 2층 귀빈실에서 이야기를 나누고 싶네만. 요전에 약속한 보답도 포함해서."

"상관없긴 한데, 초급 직업 상대로 귀빈실을 사용해도 돼?"

이 길드에 들어왔을 때의 주위 사람들의 반응을 생각하면서 그렇게 말했지만, 도르트는 힘껏 고개를 저었다.

"무슨 소리를 하는 건가, 악셀 군! 내 은인인 자네들이 사용하지 않으면 만든 의미가 없지 않나!"

"그런가? 그럼 호의를 받아들일까."

"음. ──그럼 따라오시게!"

도르트는 내 앞을 지나 빠르게 카운터 안으로 들어갔다.

다소 갑작스럽지만 환대해주는 건 고마운 일이지, 생각하며 우리는 도르트를 따라갔다.

"저, 저 운반꾼, 서브마스터가 되게 환대하는데?"

다시 목소리가 들렸다.

단지 이번에는 내 귀에도 어렵사리 들릴 정도로 작은 소리였다.

어디서 들리는 것인지 주위를 가볍게 둘러보자 아까까지 킥킥거리던 사람들 대부분 표정이 경악으로 물들어있었다.

그중에서도 카운터 옆 테이블에 있던 전사 그룹은 특히 얼굴이 새파래져서 우리를 쳐다보고 있었다.

"운송주머니를 가지고 있으니 진짜 초급 직업인 운반꾼…… 맞지……? 뭐 하는 사람이지, 저 남자?"

"나, 나도 모르겠어. 혹시 신분과 직업을 숨긴 사람인가?"

"서브마스터라면 이 길드의 사실상 톱이잖아? 그런 사람의 은인이라니…… 나, 나중에 머리라도 조아리고 사과하자. 안 그러면 위험할지도 몰라……!"

주위 사람들도 당황한 듯이 말을 주고받는다.

왠지 웅성거리는 방향성이 한번에 달라진 것 같다.

……《운반꾼》이 보통 어떤 대우를 받는지 알 것 같다. 다음에 제대로 물어봐야겠다.

나는 그런 생각을 하며 바젤리아와 함께 도르트의 안내로 귀빈실에 들어갔다.

"자, 그럼 편하게 앉게. 내 상회에서 자랑하는 차와 과자도 있으니까, 마음껏 들게나. 길드 양조장에서 빚은 술도 있다네."

귀빈실에 있는 소파에 앉은 나에게 도르트가 음식을 대접해 줬다.

"와, 이 케이크랑 차, 정말 맛있어, 주인!"

바젤리아는 매우 기쁜 듯한 표정으로 차려진 차와 과자를 먹고 있다.

먹을 것에 관해서는 이러쿵저러쿵 시끄러운 그녀가 맛있다고 하니, 상당히 맛있나보다.

"오, 확실히 맛있네."

고급 식재료가 풍부한 별의 도시에서도 특별히 맛있는 것 같다.

그러자 도르트는 안심한 듯 표정을 풀었다.

"그렇게 말해주니 다행이군. 어제는 악셀 군에게 아무것도 해주지 못하고 돌려보낸 탓에 계속 마음에 걸렸다네. 자네 덕분에 큰 이익을 얻었으니 말이네."

"이익이라니? 아저씨 손녀딸을 구해준 것 말인가? 그건 이미 보답받은 것 같은데."

"아니, 말로만 한 것은 보답이라 할 수 없네. 말로만 하는 것은 누구라도 할 수 있는 것이니. ──내 손녀딸도 악셀 군에게는 큰 도움을 받았지만 자네의 공적은 그것뿐만이 아니라네."

"공적? 나 뭔가 했던가?"

그때는 나탈리라는 소녀를 구해줬을 뿐, 달리 다른 일은 하지 않았을 터다.

"오랫동안 바람의 도시를 골머리 앓게 했던 도적단을 쓰러트린 자네의 활약 말일세. 나는 물론 다른 상인들에게도 큰 도움이 됐네."

"어? 그 도적들이 그렇게 유명한 녀석들이었어?"

"정확히 말하자면 자네라는 초급 직업《운반꾼》이 도적을 전멸시켰다는 소문이 퍼진 덕분이네. 비전투 직업인 것도 모자라 초급 직업인데 도적을 압도할 수 있는 인재가 있다. 이 도시 주변에 그런 인재가 태어났다. 그런 소문이 바람의 도시와 별의 도시에 돌면서 이 주변의 도적들의 활동이 잦아들기 시작했다네."

"호오, 그런 일이 있었군."

도적들의 정황이라든가 소문은 들어본 적이 없어서 몰랐다.

"그런데 그건 정말 내 소문 때문인가? 다른 이유라던가……."

"주위에 흩어져 있는 소식통들로부터 얻은 데이터니까, 틀림없네. ……뭐, 돌아다니는 이야기에는 대개 군더더기나 각색이 붙어 있었네만. 초급 직업이 아니라 하급 직업이었다던가. 초급 직업이라고 위장하는 방법이 생겼다던가, 실제 사실보다도 약하게 소문이 퍼진 것도 있어서 대단히 유감이지만 손녀딸이 해준 이야기를 들으니, 자네의 힘은 그 정도가 아니었다고 하더군."

"아니, 그건 정확하지 않은 편이 오히려 나아."

소문이라는 것은 원래 그렇게 기묘하게 전해지는 것이다.

게다가 부정확한 쪽이 정체를 감추기에는 더 유리하다.

그쪽이 평화롭게 지낼 수 있을 것 같다.

"그렇게 생각하나? 뭐, 부정확한 소문이라도 습격을 예방하고 통행인들이 비교적 안전해진 건 사실이라네. ——그러니 상인을 대표할 입장은 아니지만, 고맙다는 인사는 해두겠네. 고맙네. 악셀 군."

"됐다니까. 애초에 내가 도적을 쓰러트린 건 우연이었으니까."

이번에도 소문이 좋은 방향으로 흘러갔을 뿐, 내 성과라 할 것도 없다.

그렇게 말하자 도르트는 볼을 긁으면서 곤란한 듯 웃었다.

"정말 겸손하군. 뭐, 나는 상인으로서 어떻게든 자네에게 동등

117

한 물건으로 돌려줄 수 있도록 노력하고 싶네."

"도르트 아저씨는 고지식하네."

"음. 그게 카우프만이라는 이름을 가진 상인의 신념이니까. 좋을 때도 나쁠 때도 있지만, 그것만은 지키고 있네."

쓴웃음을 지으면서 말한 후에, 도르트는 차에 입을 댔다.

"……아, 그러고 보니 말하는 걸 잊고 있었는데, 이번에 무슨 일로 우리 길드에 왔는가? 나로서는 보답할 수 있어서 고맙지만 무슨 용건이라도 있었나?"

"아아, 이제 막 운반꾼으로 전직했다고 했었잖아? 그래서 물건을 운송하는 일에 대한 기본적인 지식을 얻으려고 일을 알선하고 있는 상업 길드를 통해 여기 다니는 선배들한테 정보 좀 얻으려고 했지."

도르트의 질문에 고개를 끄덕이면서 말했다.

그러자 도르트는 흠, 하면서 생각에 잠겼다.

"그렇군. ……확실히 우리 길드 같은 상업 길드는 운송 관련 직업을 가진 사람들에게 일을 알선하고 있으니까 운송에 대한 정보를 모을 수는 있겠지만…… 규모가 커서 기초를 가르쳐줄 사람이 있을지 어떨지."

"그런가, 역시 장소를 잘못 골랐나."

좀 더 작은 길드나 모험가 길드에 가는 게 정답이었나, 생각하며 다시 차를 한 모금 마셨다.

"아니, 악셀 군. 자네의 선택은 틀리지 않았네."

도르트가 그렇게 말했다.

"내가 어떻게든 자네에게 도움을 줄 수 있을 것 같으니 말이지. 나한테 맡기게나. 정보를 얻을 수 있는 곳을 제공해 주겠네."

"정보를 얻을 수 있는 곳?"

물어봤더니 도르트는 자랑스럽게 웃으면서 말했다.

"별의 도시에는 이 나라에서 유일한 운송 길드가 있다네. 아무 면식이 없는 사람은 들어갈 수 없기에, 소개를 받아야만 들어갈 수 있네만…… 내 이름으로 자네를 소개해 주겠네!"

운반꾼에 관한 지식을 얻으려고 상업 길드에 왔는데.

아무래도 갑자기 나라에서 유일한 선배들과 만날 기회를 손에 넣은 것 같다.

운송 길드 건물은 상업 길드에서 조금 떨어진 곳에 있었다.

사지타리우스라는 문자가 적힌 간판이 붙어 있는 한 칸짜리 단층 건물이었다.

겉만 봐서는 정말 나라에서 유일하다는 길드의 본거지인지 알 수 없었다.

"자, 여기가 각국의 중진들이 몰래 애용하는 운송 길드라네. 이미 연락은 했으니 들어가게. 악셀 군, 바젤리아 군."

재촉받듯이 건물 안으로 들어갔다.

"어서 오세요~. 운송 길드『사지타리우스』에 잘 오셨습니다!"

예쁜 옷을 입은 여성이 맞아주었다.

그리고 그녀는 우리와 뒤에 있던 도르트를 보고 방긋 미소지었다.

"카우프만 씨, 어서 오세요. ……그 두 사람이 소문의 초인(超人) 초보자 운반꾼 콤비인가요?"

"이봐. 초인이라니…… 도르트 아저씨, 도대체 어떤 식으로 설명한 거야?"

"뭐, 이런저런 이야기를 했지. 그녀가 이 길드의 대표인 마리온 군이네."

도르트가 그렇게 말하자 마리온이라 불린 여성이 치맛자락을 살짝 들고 우아하게 인사했다.

"처음 뵙겠습니다. 저는 마리온·슈베루주. 이 운송 길드『사지타리우스』의 대표입니다. 잘 부탁드립니다."

"나는 악셀, 이쪽은 바젤리아야. 잘 부탁해 마리온 씨."

"후후, 마리온이라 불러주세요 악셀 씨. 자, 이쪽으로. 차나 한 잔하면서 이야기합시다."

마리온은 빙긋 웃으며 방 안의 테이블에 앉으라고 재촉했다.

우리는 컵이 나란히 있는 테이블에 앉았다.

"카우프만 씨한테서 이야기는 들었어요. 운송 직업으로 막 전직한 참이라 일에 대한 정보가 필요하시다고요?"

차를 마시면서 마리온이 나에게 물어보았다.

아무래도 도르트는 꽤 자세하게 사정을 알려준 것 같다.

이 길드에 소개해 준다고 한지 수십 분도 지나지 않았는데, 일처리가 참 빠르다.

"그래, 도르트가 속한 길드에 갔더니 잘못 찾아온 것 같더라고. 다음부터는 문제없이 일을 할 수 있도록 기본적인 상식이나 방식을 배우고 싶어. 초급 직업 《운반꾼》이 된 지 얼마 안 돼서 아무것도 모르는 상태라."

그렇게 말하면서 운송주머니를 보여줬더니 마리온은 놀란 표정을 지었다.

"정말 초급 직업인가 보네. 《운반꾼》이 도적을 벌했다는 말을 들었을 땐 수상하다고 생각했지만…… 이 운송주머니와 당신의 몸에서 넘치는 힘을 보니 거짓말은 아닌 것 같고."

그녀는 내 얼굴이나 몸을 보면서 그렇게 말했다.

"힘이 넘치고 있다고? 마리온의 눈에는 내 몸이 어떻게 보이는데?"

그 순간 대답한 것은 내 옆에 앉아 있던 도르트였다.

"아, 마리온 군은 우리나라에서 손꼽는 운송계 상위 직업 중 하나인 《공의비각(公儀飛脚)》이라네. 사람의 힘을 통찰하는 스킬을 가지고 있지."

도르트의 말에 마리온은 쓴웃음 지으면서 고개를 끄덕였다.

"후후, 카우프만 씨가 말한 대로, 나는 사람을 보는 눈에 자신이 있어."

"그렇군, 운송계 상위 직업은 사람의 힘을 측정할 수 있는 스킬을 가지고 있는 건가. 나라에서 손꼽히는 상위 직업이라니, 마리온은 대단한 사람이었네."

"그렇지도 않아. 오히려 당신들이 초급 직업이라고 보기 어려운 인재라는 게 느껴지는 걸. 내가 보기엔 당신들이 더 대단해 보여. 카우프만 씨가 지원하는 사람들이 어떤 사람인지 궁금했는데 만나 보니 이해가 되네."

"상급 직업 사람한테 그런 말을 듣다니 영광이군. ……그래서, 일에 대해서 가르쳐 준다고 했는데 괜찮을까? 도르트가 말하기로 이 길드가 대단한 길드라고 하던데?"

나라에서 유일하다던가 그런 식으로 말한 길드가 길드에 소속된 사람에게 할애할 시간이 있는가, 하고 생각하고 있었는데,

"아무렴."

바로 대답했다.

마치 처음부터 그렇게 정했던 것처럼 마리온은 고개를 끄덕였다.

"나도 악셀 씨가 도적을 퇴치해 줘서 도움을 받았고, 거기다 《운반꾼》인데도 도적을 퇴치했다고 영웅 취급을 받는 사람이라면 꼭 우리 길드에서 지원하고 싶어서 당신을 받아들인 거야. 아, 그렇지만 이 길드에 들어와 주지 않아도 만나서 이야기만 나누는 것만으로 기뻐."

"그, 그런가…… 너무 과대평가하는거 아냐?"

"후후, 그렇지 않아. 그러니 물어볼 게 있으면 우리 길드로 와. 뭐든지 알려줄게. 혹시 내가 없더라도…… 음, 저기 있는 아이한

테 물어보면 돼."

마리온이 시선을 향한 곳에는 책상에서 서류 정리를 하는 여성이 있었다.

"내 동료인 코하쿠 · 위러야."

코하쿠라고 불린 갈색 머리를 가진 여성은 자신의 이름이 나오자 놀란 듯 몸을 움찔했다.

"…………자, 잘 부탁해."

잔뜩 뜸을 들이고 얼굴을 붉히면서 고개를 숙여 인사했다.

아무래도 부끄럼을 잘 타는 사람인가 보다.

"저래 봬도 그녀도 상급 직업인《포스터 마에스트로》야."

"오, 그래?"

손으로 헤아릴 수 있을 정도밖에 없다는 상급 직업이 이 길드에만 두 명이나 있는 것인가.

사지타리우스는 정말 우수한 길드인가.

"상급 직업인 아이가 한 명 더 있는데 지금은 멀리 나가 있으니 만나면 나중에 소개해 줄게. 그 외에도 몇 명인가 졸업한 사람도 있긴 한데. ……우선 이렇게 세 명이 우리 길드 구성원이니까 기억해주면 고맙겠어."

"알았어. 그럼 이 사지타리우스는 실질적으로 두 명이 일하고 있는 셈이군."

"그렇지. 그래도 사람 손이 부족한 적은 없어. 일은 할 수 있는 것으로만 고르니까.

차를 마시는 마리온에게서 여유가 느껴졌다.

"아, 그래도 인재라면 언제든지 환영이니까. 혹시 악셀 씨가 들어오고 싶으면 말해줘. 임시로라도 바로 받아줄게."

"그래, 알았어. ……일을 배우려면 임시로라도 길드에 소속되는 게 좋을까?"

"글쎄, 대략적인 흐름을 배울 수 있을지도. 악셀 씨가 하고 싶은 대로 해."

아무래도 마리온은 길드에 소속되던 그렇지 않던 일을 가르쳐 줄 요량인 것 같다. 사람을 잘 봐준다고 할까 서비스를 잘 해줘서 정말 고맙다.

"뭐, 악셀 씨가 어떤 식으로 일을 배우고 싶어 하는지는 잘 모르겠는데, 그냥 편하게 모르는 것을 물어볼 동료가 생겼다고 생각해주면 고맙겠어. 그리고 이 건물은 일터라고 생각하고 가볍게 찾아와도 되니까."

"그런가……. 이것저것 신경 써줘서 미안하네. 호의를 받아들여서 이것저것 배우도록 할게. 마리온, 다시 한번 잘 부탁할게."

"그래. 나야말로 잘 부탁해, 악셀 씨!"

사지타리우스 멤버들을 알게 된 다음 날 아침. 악셀은 길드에 가기 전에 매일 가던 찻집에서 밥을 먹고 있었다.

"그 사지타리우스에 새로운 멤버가 들어왔다는 소문 들었냐?"

갑자기 옆 테이블에서 남자들의 목소리가 들렸다.

"진짜냐? 왕도에서 상위에 준하는 운송계 사람들이 수십 명 단위로 가입하러 갔다가 말도 안 되는 테스트에 전부 불합격하지 않았냐? 들어가기 정말 힘든 길드잖아?"

"그래. 길드 대표는 남을 잘 돌봐주는 사람이지만, 한편으로는 꽤 가혹한 사람이니까. 그 왕도사람 모두가 울면서 돌아갔다던데?"

"……그 대표의 기준을 통과해서 길드에 들어간 녀석은 대체 어떤 괴물인거냐……."

다른 테이블에 앉은 남자들이 아침부터 그런 이야기를 하고 있었다.

"저기, 주인. 저기 있는 사람들이 이야기하는 길드가 주인이 오늘부터 다닐 길드지? 그렇게 위험한 곳이었어? 주인이 새 멤버로 취급받는 것도 신경 쓰이네."

"뭐, 내가 새 멤버가 될지 어떨지는 차치하고, 그 두 사람이 그렇게 가혹한 사람처럼 보이지는 않았는데? 첫 대면에서도 그 두 사람은 착해 보였고."

어제 그 후로도 잠깐 이야기해봤지만 마리온은 행동이 정중했고, 코하쿠는 부끄러워서 별로 얼굴을 마주치지는 못했지만, 우호적인 태도였다.

그렇게 대단한 곳으로는 보이지 않았다.

"뭐, 주인이 괜찮다면 나는 상관없지만. 주인은 옛날부터 감각은 날카로운데 위험에 너무 손쉽게 대처해서 그런지 일반인의 '위험'의 기준을 잘 모르는 것 같아."

"가차 없이 말하네. 용왕에게 그런 말을 듣다니 인간으로서 뭔가 복잡한 기분이야. ……뭐, 됐어. 우선은 오늘부터 의뢰를 몇 개 받아서 기초를 배울 수 있을 것 같아."

그 운송 길드에 신세를 지면서 운반꾼으로서 해야 할 기본적인 일이나 대응, 이론을 배워서 제 몫을 다할 수 있게 된다면, 이후에는 자유롭게 일 할 수 있을 것이다.

당면 목표는 그것이다.

"좋아, 한 사람 몫을 다하기 위해서라도 잔뜩 먹고 가자."

"아하하, 주인도 어떤 의미로는 한사람 몫 이상 한 것 같은데. 응. 나도 주인의 파트너로서 여러 가지 배우도록 노력할게!"

그런 식으로 평화롭게 아침밥을 먹고 나서 우리는 마을 중심부에 있는 『사지타리우스』 본부인 일층 건물── 길드 하우스로 갔다.

"안녕. 기다리고 있었어!"

건물에 들어가자 마리온이 손은 흔들면서 맞아주었다.

"오늘부터 신세를 질게, 마리온."

"그래, 맡겨 둬. 확실하게 지원해 줄 테니까! 그래도 뭐 오늘은 처음이니까 상업 길드나 모험가 길드로부터 간단한 의뢰를 받아왔어. 악셀 씨가 하고 싶은 것을 골라."

서포트 체제는 문제없어, 하고 마리온이 가슴을 폈다.

우수한 길드로부터 도움을 받으며 일을 할 수 있다는 건 좋구나.

"으음, 그런데 의뢰는 어디서 고르면 될까?"

내가 두리번거리고 있자 뒤에서 내 어깨를 쿡쿡 찌르는 사람이 있었다.

코하쿠다.

"여기 있어, 악셀 군."

코하쿠가 가리킨 것은 그녀가 평소에 사용하던 사무 책상이다. 그 위에 용지가 몇 장 펼쳐져 있었다.

"내가 알아서 정리했는데 이 중에서 고르면 돼. 마리온한테만 맡겨 둬서 조금 어려운 의뢰도 있지만, 무엇이든 도와줄 테니 안심해."

"아, 코하쿠 씨, 고마워."

"아, 아니 괜찮아. 지원한다고 했으니 이 정도 해주는 건 당연해."

부끄러워하면서 눈을 피하면서도 코하쿠는 기쁜 듯이 웃었다.

그런 그녀에게 재촉받아 서류를 훑어보았다.

의뢰 용지에는 운송해야할 물건, 배달지점과 예상 시각, 그 외에 중량 등이 적혀있다.

어느 것도 처음 보는 것들이라 신선했다. 우선 제일 먼저 눈에 들어온 의뢰 용지를 집어 들었다.

"별의 도시 교외, 높은 건물에 있는 연구소에 오늘 오전 안으로 목제 상자 소포 10개 배달이라. 친절하게 목적지까지 가는 길도 붙어 있네."

도시 중심부에 있는 운송 길드에서 마을 밖의 연구소까지 복잡한 길이 그려져 있는 의뢰서였다.

오전 안이라는 말은 앞으로 한 시간 정도 남았다는 말인가. 이런 배달 루트까지 지정된 것도 있구나.

"이, 이건, 우리가 붙여 놓은 거야. 이 도시에는 골목이나 막다른 길이 많아서 뒷길이라든가 알아두는 게 좋을 것 같아서."

"아, 그래? 고마워."

용기사를 그만두기 한 달 전에 별의 도시에 이사 왔지만, 아직 이 도시에 대해 자잘한 것은 잘 모른다.

집 근처에 밥이 맛난 가게나 좋은 식재료를 파는 있는 장소가 어디인가 하는 정도는 알지만, 도시를 전체를 알고 있는 건 아니다.

"……그렇군. 그럼 이 의뢰를 하는 김에 길을 외우면서 갈까."

내가 의뢰를 정하자, 코하쿠가 고개를 끄덕이고 말했다.

"이걸로 결정했어? 그럼, 물건은 여기 있어."

그렇게 말하고 이 건물 구석에 있는 바닥의 색이 다른 창고로 안내했다. 그리고 가운데에 놓여 있던 나무 상자를 가리켰다.

"이 상자야."

"그래, 알았어. 그럼 운송주머니에 넣고 갈게."

그렇게 내가 창고에 있던 나무 상자를 운송주머니에 훌훌 던져 넣고 있는데,

"어, 그게 전부 들어가?"

뒤에서 이쪽을 바라보고 있던 마리온이 놀란 목소리로 말했다.

"뭐, 운송주머니니까. 이 정도는 들어가지."

그렇게 말하자 더욱 놀란 눈으로 바라보았다.

"아니 잠깐만! 아, 악셀 씨의 운송주머니 스킬은 벌써 그런 단계야?"

"초급 직업이라 레벨업이 빠른데다. 그때마다 늘어났으니. 아니, 보통 이 정도는 들어가는 거 아니야?"

"아니, 악셀 씨. 평범한 운송주머니는 좀 더 용량이 적을 텐데? 그야 레벨업 조건이 다른 직업에 비하면 느슨하지만, 애초에 보통《운반꾼》은 레벨을 계속 올리는 것도 힘드니까……."

아연하면서 그렇게 말했다.

그러고 보니 용사도 비슷한 말을 했었다.

……처음에 무녀가 레벨업이 쉽다는 말을 해서 그 말만 믿고 있었다.

그리고 내가 레벨업 할 때마다 확장되어서 그렇게까지 이상하다는 실감이 나지 않았다.

스킬을 배우는 방법은 일률적인 것은 아니라도 거의 모든《운반꾼》들이 터무니없이 큰 운송주머니를 가지고 다닌다고 생각했다.

"그렇군……. 그러면 운송주머니가 이렇게 편리해진 것은 내가 운이 좋았던 걸지도 모르겠네."

철저하다 싶을 만큼 기능 확장에 충실할 정도니까.

그런 생각을 하며 쌓여있던 물건을 모두 가방에 넣었다.

"저, 정말 전부 들어갔어……."

눈앞에 있는 짐을 넣는 것을 지켜보고 있던 코하쿠도 입을 멍하니 벌리고 있었다. 그녀가 보기에도 운송주머니 내부가 놀랄 정도로 넓은가 보다.

아무래도 내 기준을 고쳐야 할 것 같다.

"여하튼, 이걸로 준비 완료네, 주인."

"뭐, 그렇네."

바젤리아가 즐거운 듯 말을 걸었다.

일을 배우는 겸 우선 일을 완수하자, 생각하며 양 뺨을 두드렸다.

이제부터가 길드에서 하는《운반꾼》일 시작이니까. 그리고, 이번 일을 위탁해 준 두 사람에게도 손을 흔들었다.

"그럼, 마리온, 코하쿠. 갔다 올게."

"아, 응. 잘 다녀와. 악셀 씨, 바젤리아 씨."

"무, 무사히 돌아와."

이렇게 사지타리우스에서 받은 첫 일을 시작했다.

악셀이 사지타리우스 길드 건물에서 출발하는 모습을 배웅해 주고 나서 마리온은 자기 의자에 앉아서 등받이에 몸을 기댔다.

"……그런데, 악셀 씨가 목적지에 도착하는데 얼마나 걸릴까."

"모르겠어. 악셀 군은 기억력은 좋아 보이지만, 이 도시는 길이 복잡하게 얽혀 있으니까……."

"그렇지."

별의 도시는 계단처럼 층이 져 있는 부분이 있어서 고저차가 꽤

심하다.

언덕도 많아서 교외로 나가는 것만으로 체력을 빼앗긴다.

무엇보다 이 개척 도시에는 많은 사람이 돌아다닌다.

큰길은 항상 사람들로 넘쳐나서 마음껏 돌아다닐 수 없을 정도이다.

또 중요한 시설이 있는 몇몇 구획은 내벽으로 둘러싸여 있어서 정해진 곳으로만 지나갈 수 있다.

길을 잘 알고 있는 숙련된 운송업자라면 가능한 한 가장 평탄한 길을 지나 사람들이 붐비는 곳을 피해서 여유롭게 한 시간 안에 도착하겠지만, 길을 모르는 사람이라면 배 이상 걸려도 이상하지 않다.

의뢰는 오전 안으로—— 즉 앞으로 한 시간 이내라고 적혀 있었으니 시간제한이 꽤 아슬아슬했다.

"그래도 그 예정시각은 그냥 기준이지? 『엄수』가 아니니까 조금 늦어도 괜찮지 않을까?"

"응, 그렇지. 처음부터 시간 엄수 의뢰를 건네주는 건 초보자에게 할 처사가 아니니까."

이번에 받아 온 의뢰에는 전부 예정 시각이 쓰여 있다. 단지 그 시간은 어디까지나 목표지 제한 시간은 아니다.

대부분은 『가능하면』이라는 말이 붙으므로 손님 측에서 과장해서 짧은 시간으로 설정해 놓은 것이다.

만약 예정시간 안에 도착하면 추가 보수가 나올 수도 있지만,

반드시 그런 것도 아니다. 《시간엄수》 조건이 붙은 특별한 의뢰라면 이야기가 다르지만, 이번 의뢰는 아니다.

……아무리 그가 도적을 쓰러트릴 정도로 강하다고 해도 그가 목적지에 얼마나 빨리 도착할지와는 다른 문제인 것이다…….

그러니까 이번에 악셀에게 보여준 의뢰들은 시간을 지키지 않아도 되는 간단한 일들만 준비해 놓았다.

오늘 하는 일로 이 마을의 모양이나 상태, 운반꾼으로서 일하기 편한 루트를 구축할 수 있으면 좋겠다.

도시의 뒷골목 지도를 붙여 놓은 것도 그런 이유다. 조금만 시간을 투자하면 빨리 가는 길을 알 수 있을 것이다.

"뭐, 그래도 카우프만 씨가 굉장한 사람이라 했으니 의외로 정말 한 시간 안에 갈 수 있을지도 몰라."

"으, 응. 악셀 군의 몸은 잘 단련된 것처럼 보였으니 갈 수 있을지도 모르겠어."

"뭐, 결과가 나올 때까지 우리는 우리가 할 일을 할까."

어쨌든 한 시간은 할 일이 없어졌으니 그 동안 어떤 일이 새로 생겼나, 하고 책상 위의 의뢰서를 보고 있는데,

"다녀왔어."

"어라?"

방금 나갔던 악셀과 바젤리아가 문을 열고 다시 돌아왔다.

악셀은 땀 한 방울 안 흘렸지만, 바젤리아는 땀으로 흠뻑 젖어 있었다. 몹시 급하게 되돌아온 모양이다.

"어서 와. 잊어버린 거라도 있어?"

무엇인가 이 거점에 잊어버리고 간 물건이 있어서 가지러 온 걸까? 아니면 좀 더 세세한 지도가 필요한가?

"아니, 가져다주고 왔어. 여기 수령증."

"……어?"

악셀은 연구소 사인이 들어있는 수령증을 마리온에게 보여주었다.

그러나 마리온은 그의 말이 무슨 의미인지 알 수가 없었다.

"수, 수령증?"

"아, 미안. 사무는 코하쿠 씨 담당이었던가. 그럼, 코하쿠 씨. 여기 수령증."

악셀은 시선을 마리온에서 코하쿠에게로 옮겼다. 그리고 들고 있던 종이도 내밀었다.

그러나 엄청난 사태에 놀란 것은 그녀도 같았다.

"어…… 저, 저기, 바젤리아? 악셀 군? 물건은 어쨌어?"

"글쎄, 배달했다니까——. 주인을 따라가는 거 꽤 힘들어서 지치긴 했지만."

땀범벅이 된 바젤리아가 그렇게 말하고 의자에 축 늘어졌다.

"확실히 연구소 직원에게 건네줬어. 빠짐없이 연구소 사람한테 사인도 받았고."

땀을 한 방울도 흘리지 않은 악셀이 책상 위에 의뢰서를 올려놓았다. 그제야 겨우 굳어 있던 마리온이 제정신을 차렸다.

"저, 저기, 너무 빠른 거 아냐?! 아직 10분밖에 안 됐는데?!"

정확하게는 십 분도 채 되지 않았다.

어떻게 그렇게 빨리 목적지에 도착한 거지? 정말 제대로 배달한 게 맞을까?

"마, 마리온……!"

사무 책상 쪽에 있던 코하쿠가 창백한 얼굴로 말을 걸었다.

"왜 그래, 코하쿠?"

"이 사인, 진짜야! 게다가 지금 연구소에서 마법으로 염문(念文) 연락이 왔어…….『화물 10개 잘 받았습니다. 이렇게나 빠르게 운송해주셔서 감사합니다! 역시 사지타리우스군요. 배달해 주신 두 분에게도 감사를. 약소하지만 보수를 좀 더 얹어 드렸습니다.』라고……."

그렇게 말하고 코하쿠가 종이를 한 장 보여주었다. 거기에는 확실하게 별의 도시 마법 연구소 명의로 감사의 인사가 쓰여 있었다.

"오호, 이런 것도 보내는구나."

"응! 보수를 늘려준다니 기쁘네! 열심히 한 보람이 있었어!"

악셀과 바젤리아는 기뻐했지만, 마리온으로서는 충격으로 그럴 상황이 아니었다.

"저, 정말로 배달을 끝냈구나…… 아니 어떻게 한 거야, 악셀 씨?!

여기서 연구소까지는 달려가도 한 시간 남짓 걸릴 텐데…….”

“응? 어떻게 했냐고 묻는들, 열심히 달렸을 뿐인데.”

“가는 데만 한 시간은 걸릴 거리를 열심히 뛰어서 왕복 10분 이내에 다녀온다니? 전혀 모르겠는데…….”

그러던 와중에 갑자기 누군가의 목소리가 들려왔다.

“어—이! 마리온 씨! 여기로 굉장한 괴물 같은 게 들어갔는데 괜찮아?!”

이 근처에 사는 상업 길드 간부인 엘프가 뛰어 들어왔다. 그는 이 길드에도 자주 의뢰를 해 줘서 친하게 지내고 있는데 저렇게 당황한 모습은 처음 본다.

“어, 응? 괜찮냐니…… 뭐가?”

“아니, 방금 이 근처 길에서 괴물 같은 속도로 달리면서 길드 탑 지붕이랑 내벽 위를 뛰어가는 사람이 보였는데, 그 사람이 다시 이리로 돌아와서는 사지타리우스로 들어가더라고! 이게 무슨 일인가 해서!”

엘프 남성이 놀라 말했다.

그리고는 나와 코하쿠를 보고 나서 악셀과 바젤리아 쪽을 바라봤다.

“아까 지붕 위를 뛰어다니던 두 사람이잖아! 이 사람들 정체가 뭐야?! 호, 혹시 이 두 사람이 소문이 돌고 있는 사지타리우스에 새로 가입한 사람이야?”

“응? 뭐, 그런 셈이지. 아직 들어온다고 결정한 건 아니지만 일단 신인 《운반꾼》이야."

마리온의 말에 엘프 남성은 그런가, 하고 눈을 동그랗게 떴다. 그리고는 악셀에게 가볍게 고개 숙여 인사했다.

"형씨, 누님, 뭐라고 할까, 미안하네. 괴물 취급해서."

"아니 괜찮아. 우리도 멋대로 지붕 위로 깡충깡충 뛰어다녔으니까."

"나는 상업 길드에서 줄곧 일했지만, 형씨처럼 바람같이 달리고 내벽을 뛰어넘는 운반꾼을 본건 처음이었던지라. ——음, 소란피워서 미안하군. 난 이만 돌아갈게. 대단한 묘기였어. 사지타리우스의 새 길드원은 대단한 사람이네……."

엘프 남성은 이마에 맺힌 땀을 쓱쓱 닦으면서 길드를 떠났다.

그리고 마리온은 악셀이 어떻게 운송했는지를 알 수 있었다.

"혹시 내벽을 올라간 거야? 못해도 10미터는 될 텐데?"

"아, 꽤 높았지. 그래도 도중 도중에 높은 탑들이 있어서 어떻게든 지붕을 밟고 올라갈 수 있었어. 탑 접수대에 앉아 있던 사람에게 지붕을 밟고 뛰어도 괜찮겠냐고 물었더니 웃으면서 OK 해주더라고."

이 도시의 건물은 마수가 지붕을 차고 날아도 무너지지 않을 만큼 튼튼하게 지어져있다.

사람이 발로 박차고 뛰어다닌들 무너질 지붕도 아니거니와 오히려 《곡예사》가 지붕으로 뛰어다니기 같은 기예로 돈을 벌던 시절도 있었다.

그러자 코하쿠도 악셀에게 흠칫거리며 질문했다.

"아, 악셀 군? 그냥 길로는 안 지나갔어?"

"처음에는 길 따라 움직였지. 근데 길은 뒤엉켜있고 사람도 많다보니 지붕 위로 뛰어 가로질러 가는 게 빠를 것 같더라고. 아, 물론 남의 집 지붕을 망가뜨리는 실수는 하지 않았어."

"아니, 그런 이야기가 아니라…… 악셀 씨, 정말 초급 직업 맞아?"

"두말할 것 없는 초보자야. 그래서 이 약도가 굉장히 도움이 됐다고. 지붕 위로 달리면서 도시의 뒷골목이나 사람이 붐비는 곳이 어디인지 알았거든. 고마워."

쾌활하게 고맙다는 말을 하는 악셀을 향해서 마리온은 코하쿠와 함께 아연해 하면서도 얼굴을 마주 보고 고개를 끄덕였다.

"그, 그래, 천만에."

"으, 응. 도움이 됐다면 다행이네……."

그리고 둘은 악셀이 엄청난 사람일지 모른다고 어렴풋이 생각하기 시작했다.

"조만간 우리의 지원도 필요 없어질지도 모르겠네."

"그, 그러게. 굉장한 사람을 소개받았어……."

제3장 ◆ 초급 직업 《운반꾼》, 팍팍 성장 중

운송 길드 사지타리우스에서 일하기 시작한지 며칠 뒤.

"이제, 악셀 씨에게 가르칠 게 없어!"

사지타리우스에 도착하자마자 마리온으로부터 그런 말을 들었다.

"아니, 얼마나 했다고?"

무심코 그렇게 대답하자 마리온은 한숨을 쉬면서 고개를 좌우로 흔들었다.

"이제 이 도시 거의 모든 장소에 갈 수 있고, 일하는 방법도 대부분 배웠잖아? 이 며칠 동안 의뢰를 몇 개나 처리했는지 알아?"

그 말을 듣고 이 며칠 동안 한 일을 떠올려봤다.

이 광대한 도시의 길을 외우기 위해 추천받은 의뢰들을 마구 처리하긴 했지만 정확한 수는 기억나지 않았다.

"……30건 정도 아닌가?"

"무려 62건이야. 그것도 특히 어려운 게 절반, 두 건 이상을 한꺼번에 처리한 게 나머지 반이라고."

"그랬던가?"

생각보다 많았다.

한꺼번에 처리한 것도 있었으니까 그런가보다.

"예상보다 많네. 바젤리아는 알고 있었어?"

대부분 그녀와 함께 다녔기 때문에 알고 있을까 했지만 힘없는 미소를 지으면서 고개를 옆으로 흔들었다.

"아니, 난 주인을 따라가는 게 고작이었어——."

"그렇다니까? 초보자는 보통 하루에 한두 개 의뢰를 처리하는 게 고작인데, 하루에 의뢰를 10개씩 터무니없는 속도로 처리하잖아. 더 가르칠 게 없어."

"그런가……."

빨리 일을 배우고 싶다는 생각했을 뿐인데, 설마 이렇게 금방 끝날 줄이야.

"사실은 찬찬히 일하면서 길이나 시가지, 사람들의 움직임을 가르쳐 주려고 했는데…… 악셀 씨에게는 이미 필요 없어 보이고."

"그래. 이 며칠 동안 확실히 몸에 밴 것 같아. 이 일을 시작하기 전보다 재미있는 도시구나 하고 생각했어."

"그건 다행이네. ……악셀 씨는 애초부터 길을 기억할 필요가 별로 없었던 거 같은데. 설마 하늘을 뛰어다닐 줄이야."

마리온은 창밖의 하늘을 올려다보면서 말했다.

"하늘이라니……. 지붕 위로 뛰어다니기는 했지만."

"덕분에 악셀 씨는 『하늘 나는 운반꾼』이란 별명으로 운송업계와 상업 길드에서 유명해졌어."

"충격의 진실이네."

단순하게 빨리 목적지에 갈 방법을 골라서 깡충깡충 뛰어다니면서 운송했을 뿐인데.

그런 이명이 붙을 거라곤 생각지도 못했다.

"일처리가 빠르고, 시간도 잘 지키고, 하늘을 날아다니는 모습은 아이들 사이에서는 인기라던데? 그야 유명해질 수밖에."

"마지막 건 상관없잖아? 아무리 생각해도 지붕 위로 다니는 게 훨씬 빠를 텐데 왜 다들 하질 않지?"

이 도시는 사람이 많은 데다 고저차가 심하다.

내벽이나 길드 탑 등 커다란 건축물이 길을 막고 있는 경우는 옆으로 돌아가는 것도 몹시 번거롭다.

그래서 비교적 자유롭게 트인 지붕 위로 다니는 건데, 그럼에도 다른 운송업자가 지붕위로 다니는 걸 한 번도 본적이 없었다.

"보통은 위험하니 그렇게 하지는 않아. 사람은 날 수 없으니까."

마리온은 질린 듯이 말했다.

"뭐? 마리온은 《공의비각(公儀飛脚)》이잖아? 하늘을 나는 다리. 글자만 보면 그런 의미 아니야?"

"그런 스킬이 있기는 하지만 그렇다고 지붕 위를 태연하게 다닐 수는 없다고. 공중 기술이 그렇게 높은 것도 아니고. 무엇보다도 ——높은 곳에서 떨어지면 무사할 리가 없잖아?"

"무사할 리가 없다니……? 높은 곳이라고 해봐야 십여 미터 정도잖아? 잘못 떨어지면 좀 아프긴 하지만."

용기사나 전투 직업들끼리 벌이는 공중전에서는 수백 미터 높이에서 싸운 적도 있고.

마을 안에서 뛰어다니는 높이정도로는 공포라고는 느껴지지 않았다.

그러자 마리온이 빙긋 웃으면서 내 어깨에 손을 얹었다.

"저기, 악셀 씨. 아무리 상급 운송 직업이라 해도 높은 곳에서 떨어지면 보통 중상이야. ……악셀 씨는 본부 앞에서 떨어져도 아무렇지 않게 움직이는 걸 몇 번인가 봤지만, 그게 이상한 거야."

"아~, 주인은 떨어지는 데 익숙하니까. 자세도 좋고, 떨어져도 조금 긁히는 정도지."

바젤리아의 말대로 낙하는 이미 익숙한 일이었다.

어지간한 일이 아니고서야 공중에서 머리부터 떨어지는 일은 없다. 시험 삼아 머리부터 떨어져 봤을 때도 그냥 조금 아픈 정도였다.

"그런가, 남들보다 튼튼해서 다행이네. 가방도 충격에 강한 것 같고. 내용물이 망가진 적은 없으니."

"그냥 직업이랑 상관없이 초보자가 아니라고 할까, 거의 사람이 아니잖아. 악셀 씨의 몸……."

마리온은 경이적인 것을 보는 눈으로 나를 바라본 뒤, 후, 하고 처음부터 다시 하자는 듯이 숨을 토했다.

"이 이야기는 그만하고, 중요한 건 어쨌든 초보자를 졸업했다는 거지. ──축하해, 악셀 씨."

"…………!!"

책상에 있던 코하쿠도 아무 말 없이 강하게 손뼉을 치면서 축하해주었다.

"이야, 눈 깜짝할 사이에 초보자 졸업이네, 주인! 이제 막 운반꾼이 됐는데 굉장해!"

"이제 막 전직했다는 점은 아직 달라진 게 없다고 생각하는데."

최근 들어 졸업이라는 말을 자주 듣고 있다. 얼마 전에도 졸업을 했던 것 같은데.

"그래도 조금씩 운반꾼의 길을 나아가고 있다는 느낌이 드는군."

새 일터와 새 동료가 생겨서 다행이다.

그렇게 말하자 마리온이 기쁜 듯이 빙그레 웃음을 띠웠다.

"후후, 악셀 씨는 이제 어엿한 운반꾼이라고 봐도 될 것 같은데. 내일부터는 좀 더 전문적인 일에 관해서 이야기할 생각이야. 일단 오늘은 졸업 축하 파티를 준비했으니까 일 끝내고 거리에 있는 술집에 한잔하러 가자."

"응, 요리를 잔뜩 만들어달라고 예약해놨어."

"오, 고마워, 마리온, 코하쿠 씨."

이렇게 나는 『하늘 나는 운반꾼』이란 별명과 함께 초보《운반꾼》을 무사히 졸업했다.

바젤리아가 마리온과 코하쿠의 안내로 따라간 곳은 건물 한가운데 커다란 기둥이 우뚝 서 있는 가게였다.

『미티아』라는 별의 도시에서 꽤 인기 있는 주점이다.

나와 바젤리아는 사지타리우스 멤버들과 함께 테이블에 앉아 저녁을 먹고 있었다.

테이블에는 마리온과 코하쿠가 주문한 요리나 술이 놓여 있고, 『초보자 졸업 축하해!』라는 카드가 붙어 있었다.

"고마워. 마리온, 코하쿠 씨. 지금까지 가르쳐주고 축하해줘서."

"인사는 됐어. 악셀 씨 같은 대단한 운반꾼이 태어난 건 우리 업계에선 좋은 일이니까. ……무엇보다 우리 길드, 사지타리우스 출신이 나온 건 오랜만인걸! 축하해야지."

"응, 축하해. 악셀 군, 바젤리아. 마음껏 먹어. 이 가게의 요리 전부 맛있으니까."

"와—! 마리온—, 코하쿠—, 고마워—!"

권하는 대로 우리는 준비된 음식을 먹었다.

……확실히, 이 가게는 술도 밥도 맛있다.

이 가게는 큰길에서 조금 벗어난 곳에 있어서 한 번도 와 본 적이 없었다.

이만한 요리가 있다면 이곳에 다니는 것도 괜찮을 것 같다고 생각하면서 뜨거운 고기를 입에 쑤셔 넣고 있자니 무슨 소란이 들려왔다.

"좋아, 오늘은 꼭 부숴주마."

"이봐, 너보다 내가 먼저 부숴줄 테니까. 질까보냐!"

가게 중앙, 검은 기둥이 우뚝 서 있는 곳 근처에서 마초 남자

둘이 소란을 피우고 있었다.

두 사람은 검은 기둥 옆에 비치된 선반에서 각각 검이나 도끼를 꺼내 들었다.

"뭐야 저건? 위험한데, 싸움인가?"

"아~, 아니, 이 가게의 여흥이야. 언제나 안주로 삼고 있어."

무기를 든 여흥이라니 도대체, 하고 보았더니 검은 기둥 옆에 한 사람 앞치마를 한 남자가 서 있었다.

……이 가게의 점주다.

점주가 입가에 손을 얹고 큰 소리로 말하기 시작했다.

"자, 오늘도 우리 가게에 힘자랑 도전자가 왔습니다! 오늘의 『용 가르기』 도전자는 상급 직업 《강력 검사》 톰슨! 그리고 상급 직업 《근접 마법사》 크리스입니다!"

점주는 기둥 옆에 있는 마초 두 사람을 가리키며 외쳤다.

"그럼, 두 사람 동시에 시작!"

"으으으랏차아!"

"우오오오오!!"

두 사람인 일제히 검은 기둥을 향해 자신이 들고 있던 무기를 내리쳤다.

──카앙!

그러나 기세가 무색하게 금속음을 울리며 무기가 튕겨 나왔다.

강하게 내리쳤을 텐데 기둥에는 상처 하나 없었다.

오히려 튕겨 나온 무기가 너덜너덜해져 있었다.

검은 이가 빠졌고, 도끼는 날이 꺾여 있었다.

"아아—— 실패——! 도끼를 망가트렸으니 도전 요금은 2배가 됩니다——!"

"제길! 날이 하나도 안 박히네!"

"고룡 비늘이라더니, 얼마나 단단한 거냐!"

마초들이 제각각 내뱉고는 지갑을 열어 점주에게 돈을 건넸다.

"이게, 여흥……? 그것보다 고룡 비늘이라고 하던데 저건 뭐지?"

"저건 마왕 전쟁 때 이 가게에 떨어진 고룡 비늘이야."

"고룡 비늘이라…… 과연, 비늘이 맞네."

자세히 보니 비늘 같은 문양이 보였다. 용기사 시절에 몇 번인가 고룡을 만난 적이 있었는데, 그들의 비늘은 한 번 땅에 떨어지면 대번에 색이 검게 변한다.

뭐, 전장에서 별로 관찰해본 적은 없었고, 전리품으로 가져올 만한 것도 아니라서 관심을 가진 적은 없었다만.

"그나저나 고룡은 마왕의 세력 중에서도 몹시 강력한 녀석인데, 그렇게 위험한 게 이 도시에 왔어?"

"아니, 실제로 오지는 않았는데 왠지 하늘에서 떨어졌다는 모양이야. 그래서 이 가게 중앙에 구멍이 나는 바람에 가게 주인이 굉장히 곤란해 했지. 저렇게 큰 게 가로막고 있으면 오는 손님 수도 줄어드니까."

그건 뭐 확실히 방해될 것 같다.

중간에 덩그러니 버티고 있는 저『고룡 비늘』인가 뭔가 하는 게 없으면 테이블도 두 배는 놓을 수 있으리라.

"철거는 안해?"

"지면 깊이 박힌 것도 모자라, 박힌 부분에 위치 고정 마법이 걸려있어. 봐봐, 바닥에 마법진이 보이잖아?"

듣고 보니 확실히 보라색 마법진이 희미하게 바닥을 덮고 있었다.

고룡의 비늘은 단단한 만큼 무거운 탓에 몸에 마법을 통해 붙어 있다. 근데 그 마법이 이 가게 바닥에 걸려 버린 모양이다.

"마법 탓에 꿈쩍도 안하고 단단하기까지 하잖아? 마법사를 고용해서 부수는 데에는 터무니없이 많은 돈이 드는 모양이야. 그래서…… 고육지책으로 이런 여흥이 생겼다는 거지."

"손님이 힘자랑에 도전하게 끔 유도해서 부수려는 건가."

"그래, 한번 도전하는 데 500골드 씩 참가비를 받고, 금이 가면 천 골드, 부수면 1만 골드를 주겠대. 지금까지 그 누구도 금조차 내지 못했으니 손해보고 있지는 않은 모양이야."

그렇군. 아무래도 이 가게는 꽤 상인 정신이 투철한 것 같다.

가쁜 숨을 몰아쉬며 자리에 주저앉아 얌전히 500골드를 내는 남자를 보며 그렇게 생각했다.

"어때, 이 가게. 재미있고 좋은 곳이지?"

"그래, 뭐. 너무 떠들썩한 것 같지만, 그래도 밥도 맛있고 좋은 가게네."

"후후, 안내한 보람이 있었군."

마리온은 그렇게 말하고 기쁜 듯이 미소지은 뒤,

"그럼, 여흥도 끝나서 조용해졌고. 이거 악셀 씨한테 줄게, 졸업 기념으로."

마리온은 한 장의 스크롤을 나에게 건네주었다.

"오오, 고마워."

좋은 가게를 소개받고 그뿐 아니라 선물까지 받다니.

스크롤을 펼쳐 보니 그 안에는『운송이라는 것은 사람들의 시간을 옮기는 것이니라』라는 문장이 쓰여 있었다.

"저기, 마리온? 이건 대체 어디 쓰는 물건이야?"

"그건『운송 직업 심득서(心得書)』라고 하는데, 사지타리우스를 열었을 때 운송 직업의 신께 직접 받은 거야. 운송업자의 신념과 기질을 나타내는 문구라는 모양이야."

아무래도 운송 직업의 근본이라 할까, 마음가짐을 나타내는 말인 것 같다.

"신께서 주신 말씀이라는 건가. 시간을 옮긴다니, 알 것 같기도 하고 모를 것 같기도 하고."

"뭐, 간단히 말하면 물건을 옮긴다는 것은 다른 사람의 시간을 벌어주는 일이기도 하니까. 빨리 배달한 만큼 받은 사람도 빨리 움직일 수 있고."

"……알 듯 말 듯 하구만."

왠지 솔직하게 이해하기 어려운 느낌이 드는 말이다.

"후후, 그건 신이 강림하셨을 때 자세히 물어보면 되지.『운송 직업은 마음만 먹으면 개념이나 시간도 옮길 수 있으니까. 잊지 말도록』하고 말씀하실 텐데. 뭐, 지금은 그런 정신적인 것은 놔두자. 의미도 중요하지만 그 심득서는 다른 효과가 있거든."

"효과?"

"그래. 그걸 읽으면 레벨업을 할 수 있어."

"……어, 정말로?!"

마리온의 말에 나는 무심코 심득서를 바라보았다.

그 순간 내 주머니가 빛나는 것을 깨달았다.

스킬표가 들어있는 주머니다.

……이건 혹시……?

나는 스킬표를 꺼내서 확인했다.

【심득 완료 조건 달성──《운반꾼》 레벨업!】

심득서의 힘으로 나는 한 번 레벨업했다.

"오오…… 굉장하네."

걸어서 레벨업 하는 것도 즐겁지만 설마 선물로 레벨업 할 줄은 몰랐다.

"이렇게 좋은 걸 줘서 고마워, 둘 다."

"후후, 기뻐하니 다행이네. 그치, 코하쿠."

"응. ……앞으로는 일도 조금 어려워질 테니 조금이라도 스킬 능력 강화를 도와주고 싶었어."

두 사람은 빙긋 웃으면서 말했다.

아무래도 나는 정말 좋은 선배들과 만난 것 같다. 나는 얼른 새로운 스킬을 확인했다.

스킬표에는 새로운 효과가 나타나고 있는 중이었다.

【운송주머니 단계 EX1 효과 ──운송주머니 내부 100%확장……】

"오오. 두 사람 덕분에 운송 주머니가 또 늘어났어."

"좋겠다. 왠지 악셀 씨를 보면 나도 이 편지함이 아니라 오랜만에 운송주머니를 사용하고 싶어져."

곤란한 듯이 웃으면서 마리온은 허리에 묶여 있던 나무 상자를 만지작거리기 시작했다.

손안에 들어갈 정도의 크기로 마리온의 비각 스킬인【편지함】이다.

"그【편지함】은 상급 직업 스킬로 생겨난 거 아냐? 뭔가 불만이라도 있어?"

"불만……이라면, 이【편지함】은 작아서 다루기는 편하지만 단단해서 달릴 때 몸에 부딪히면 아프고, 무엇보다 용량이 작아."

"이 운송주머니보다?"

"악셀 씨의 초 특대 운송주머니가 아니라 보통 운송주머니보다도 용량이 작아. 랭크업 해도 스킬이 완전히 상위호환은 아니니까. 상급 직업은 능력치가 높으니 종합적으로는 좋지만 의외로 중급 직업이나 초급 직업이 더 편리한 스킬을 가지고 있을 수도 있어."

그렇군, 하고 생각하면서 나는 스킬표를 바라봤다.

"【운송주머니 단계 EX 1── 과거 운송 기능 추가】, 『당신의 과거를 운송할 수 있습니다』라니, 이게 무슨 소리야⋯⋯."

설명이 부족한 것도 정도가 있지.

"지금, 뭐라고 했어?"

덜컹, 마리온이 일어섰다.

"아니, 과거 운송이라는 기능이 추가된 것 같은데 조금 설명이 부족해서 무슨 말인지 모르겠어."

그렇게 말하자 마리온은 눈을 동그랗게 떴다.

"역시 잘못 들은 게 아니야. 어떻게 아직 운반꾼인 악셀 씨가 그 스킬을 배울 수 있는 거지⋯⋯?!"

지금까지 본 얼굴 중에 제일 놀란 듯이 보였다.

그녀뿐이 아니다. 옆에 있는 코하쿠도 나를 놀란 표정으로 쳐다보고 있었다.

"둘 다 왜 그래? 그렇게 안 좋은 기능이야 이거?"

마이너스 기능인가 조금 걱정돼서 물어봤더니, 곧바로 마리온은 고개를 강하게 흔들었다.

"아니, 그런 게 아니야. ⋯⋯단지, 조금 이상해서."

"이상하다니, 이 기능이?"

"그래. 그【과거 운송 기능】스킬은⋯⋯ 상위 운송 직업 중에서도 극히 한정된 사람들, 나를 포함해서 열 손가락으로 셀 수 있을 정도밖에 가지고 있지 않아."

"그 적은 사람 중 하나가 되어서 그렇게 놀란 거야?"

그건 이상한 거랑은 좀 다르지 않나.

"이상하다는 건, 그 스킬이 초급 직업에게는 아무런 의미가 없기 때문이야. 그 스킬은—— 랭크업 하기 전, 과거에 가지고 있던 직업의 스킬을 끌어오는 거니까."

과거 운송이라는 기능에 대해 마리온한테서 설명을 듣고 나는 예전 시절을 조금 떠올려보았다.

……과거에서 스킬을 가져올 수 있다는 건가.

나는 운반꾼으로 '전직'했으니까 초급이라도 사용할 수 있다고 판단한 걸까.

스킬 취득은 개개인마다 다르고 어떻게 분배될지는 신의 손에 달려 있다. 『재능이나 필연성에 의한 취득』이라는 신도 있었지만, 뭐, 그건 차치하고.

"이 기능은 어떻게 사용하는 거야?"

과거로부터 스킬을 가져온다는 말은 들었지만 어떻게 사용하는지 모르겠다. 그래서 이 스킬을 가지고 있는 마리온에게 물어봤더니 그녀는 내 운송주머니를 가리켰다.

"주머니에 붙어 있는 기능이니까, 보통 그 주머니에 닿은 상태로 과거의 자신이 가지고 있던 스킬을 이미지하면 돼. 결국은 운송 스킬이라, 꺼낼 수 있는 스킬의 숫자도 운송주머니의 용량에 따라 달라져."

"그렇군. ……그럼 좀 시험해볼까."

나는 고룡 비늘을 바라봤다.

"시험해본다니…… 그러고 보니 악셀 씨는 전직 전에는 전투 직업이었다고 했던가?"

"아, 그래. 그러니 저기에 공격 스킬을 사용해보려고. 여흥도 되고. 다녀올게."

"아, 응? 다녀와……."

그리고 나는 자리에서 일어났다.

"힘내──! 주인!"

"무, 무리해서 다치지 않게 조심해, 악셀 군."

바젤리아의 응원과 코하쿠의 걱정을 뒤로하고 나는 점주에게로 향했다.

"주인장. 나도 한 번 해보도록 하지."

말을 걸자 점주는 내 얼굴을 보고 아니?! 하고 목소리를 높였다.

"하늘을 나는 운반꾼이잖아. 형씨도 도전해볼래?"

"응."

고개를 끄덕이자 점주는 걱정하는 표정을 지었다.

"전부 날이 서있는 무기들인데, 괜찮겠나? 술기운으로 도전해서 다치더라도 나는 책임 못 진다고. 이 도시 사람들이 기대하는 신인을 다치게 하고 싶지는 않다만……."

"걱정하지 않아도 돼. 이미 익숙하거든."

내 말을 들은 점주는 고개를 갸웃했지만, 참가는 허락해준 것 같다.

"익숙하다고? 으음, 뭐, 형씨가 그렇게까지 말한다면야. 참가비는 500골드. 무기를 망가트리면 천 골드다. 비늘에 금이 간다면 천 골드. 만에 하나 파괴한다면 1만 골드를 보상으로 주지. 무기는 저기서 골라줘."

"알았어."

점주가 가리킨 선반에서 검 한 자루를 꺼냈다. 꽤나 손때가 묻었지만 제법 튼실한 녀석이다. 이 선반 안에서는 가장 튼튼한 건 이건가 하며 날을 살폈다.

"자, 새로운 도전자가 등장했습니다! 놀랍게도 최근에 도시에서 가장 주목받는 인물, 하늘을 나는 운반꾼입니다!"

점주가 외치기 시작했다.

"오오, 저게 소문으로 듣던 하늘을 나는 운반꾼인가!"

"최근 화제의 인물이랍시고 우쭐해서 나서는 건가? 그거 나쁘지 않지, 실력 좀 보여 달라고!"

분위기를 고양시키는 소개와 술기운이 어우러져 손님들도 흥미를 갖기 시작했다.

뭐, 이 정도 소란스러운 게 여흥으로는 좋겠지, 생각하면서 운송주머니를 허리에 동여맸다.

우선, 이걸로 몸에 닿아있어야 한다는 조건은 채웠다.

다음은 사용할 스킬을 떠올리는 건데.

용량에 따라 낼 수 있는 스킬의 숫자가 다르다고 하는데, 몇이나 나갈지 알 수가 없으니 우선 떠올리기 쉬운 것부터 몇 개 해 볼까.

머릿속에 떠오른 것은 용기사의 기본 스킬을 연타하는 장면이 었다.

자신과 같은 높이에서 싸우는 적—— 용에게 대미지를 주는 스킬들을 연결한 기술. 옛날에는 자주 사용하곤 했다.

"【드래곤 클로】에서 【드래곤 매쉬】, 그리고 【드래곤 건】【드래곤 해머】【드래곤 스피어】까지 5연속 콤보……!"

나는 검을 휘두르면서 외쳤다.

그 찰나의 순간 '——!' 검에서 참격(斬擊)이 날아갔다.

평범하게 휘둘러서는 불가능한 동시 3연격.

참격은 고룡의 비늘로 곧장 날아가,

——쾅! 하고, 가게 안에 폭발하는 듯한 충격을 일으켰다.

"허억——?!"

눈앞에서 벌어진 일에 점주는 그런 소리만 흘렸을 뿐 아무런 말도 하지 못했다.

관객 또한 마찬가지로, 다들 아무런 말도 하지 못한 채 가게 안에는 숨소리만이 흐르고 있었다.

그리고 그 정적은 내 손에서 깨지고 말았다.

——쨍그랑.

유리가 깨지는 듯한 소리를 내며 검이 부러져버린 것이다. 아무래도 용기사 스킬을 버티지 못한 모양이다.

"예전에 쓰던 무기라면 좀 더 깊게 벨 수 있었을 텐데……."

그런 소리를 중얼거리자 곧이어 사람들의 함성이 들려왔다.

"와아아아아아!!"

"뭐야 방금 건?! 굉장한데?!"

"수백 번의 도전을 튕겨냈던 비늘에 금이 갔어!"

대번에 큰 소동이 일었다.

아무 말도 못하던 점주도 비틀거리면서 나에게 다가왔다.

"우, 운반꾼인데 대단하네, 형씨……!"

"완전히 부수지는 못했지만. 비늘에 금이 갔는데 무기도 같이 부서져 버렸으니 그냥 본전이 되어버렸군."

이제는 자루만 남아있는 검을 보며 그렇게 말했다.

"응? 아아! 아니, 금은 세 줄 생겼고, 분위기도 최고이니, 2천 골드 가져가!"

점주는 망설이는가 싶더니 이내 진지한 얼굴로 선반에서 금화를 꺼내서 나한테 건넸다.

"그, 그래? 뭐, 받을 수 있으면 받겠지만. 정말 괜찮겠어?"

"괜찮으니 가져가! 이게 부서질 수 있다는 가능성이 생긴 것만으로 가게에는 이득이야. 가져가!"

좋은 웃는 얼굴로 점주는 지폐 다발을 내밀었다. 점주가 괜찮다고 했으니 괜찮겠지, 하고 생각하면서 돈을 받고 자리에 돌아왔다.

그러자 입을 멍하니 벌리고 있는 코하쿠, 기뻐 보이는 바젤리아, 곤란한 듯한 웃는 얼굴을 한 마리온이 기다리고 있었다.

"수, 수고했어. 악셀 씨."

"이야, 오랜만에 봤지만 주인, 굉장했어!"

"그, 그렇네. 설마 이때까지 상처 하나 없었던 비늘에 금이 가다니……"

"아—— 부수지 못한 것은 좀 아쉽지만, 그래도 이걸로 과거 운송이 뭔지 알 수 있었던 건 큰 수확이야. 나온 스킬은 하나뿐이었다는 것도 포함해서."

"어, 하나?!"

"응, 하나. 이상한 점이라도 있었어?"

"이상한 점이라니, 금이 세 줄이나 생겼는데?! 그런 스킬 본 적도 없어."

"뭐, 그 손톱자국이 스킬의 효과야."

【드래곤 클로(용의 발톱)】는 한번에 3개의 참격이 날아가는 스킬이다.

비늘에 남은 스킬의 흔적은 그거 하나뿐이었다. 내가 이미지한 스킬은 총 다섯 개였으니, 만약 발동했다면 다른 곳에 나머지 4개의 상처가 남아있을 것이다.

그건 무기가 부서졌다고 해도 달라지지 않는다.

용기사 스킬은 일단 발동하면 손잡이만 있어도 대미지를 줄 수 있으니까.

"악셀 씨의 운송주머니 용량으로도 스킬이 하나밖에 나오지 않앉다는 것에 놀라야 할지, 저런 강력한 공격이 고작 스킬 하나의 힘이라는 것에 놀라야 할지, 정말 뭐라고 할까, 말이 나오지 않네……."

"으음, 저게 강력하다고……."

마리온은 그렇게 말했지만, 내가 봤을 때는 터무니없이 위력이 감소했다.

그래도 뭐, 굳이 그렇지 않아, 하고 설명할 이유도 없고. 이걸로 됐다.

"후후. 뭐라고 할까…… 악셀 씨를 보고 있으면 운반꾼의 기준이 엉망진창이 되어간단 말이지. 요 근래 놀랄 일투성이야. 예의에 어긋나지 않는다면 악셀 씨가 무슨 직업이었는지 과거를 캐고 싶을 정도야."

굉장한 쓴웃음을 짓게 만들어버렸다.

"왠지 미안하군."

"후후, 괜찮아. 지루하지 않고 즐거우니까. 그래, 오늘도 좋은 걸 보여줬으니 이 상태로 마시고 가자."

그렇게 말하고, 마리온은 술을 쭉 들이켜고 술잔을 비웠다.

감상이야 어쨌든 나름 즐긴 모양이니 그걸로 괜찮지 않을까? 나도 오늘 새로운 기능이 추가된 덕분에 조금 두근거렸다.

"저기, 마리온. 내 운송주머니 용량으로 과거에서 가져올 수 있는 스킬이 하나 뿐인 건 이상하다고 했잖아? 운송주머니를 비우면 좀 달라져?"

"응? 아아, 그렇지. 가방 용량이 클수록 쓸 수 있는 스킬이 많아지는 거니까. ······혹시 안에 물건이 꽤 들어있어?"

"집의 물건이라던가 조금 들어있어. 그러니 내일부터는 좀 더 과거 운송 기능에 대해 실험해둘게. ──오늘은 오랜만에 스킬로 몸을 움직여서 배도 고프니 식사를 즐겨야겠다."

"그래, 그렇게 하자. 그럼, 악셀 씨의 레벨업을 축하하며 한번 더 건배──!"

그렇게 나는 마리온과 함께 식사를 즐겼다.

"후, 정말이지, 오늘은 굉장했군."

『미티아』의 점주는 가게 청소를 하면서 그렇게 중얼거렸다.

고룡의 비늘에 금이 가면서 가게의 분위기가 달아오른 덕에 매상이 꽤 올랐다.

그만큼 더 지치긴 했지만, 그만큼 더 벌었으니까.

······고룡의 비늘이 떨어진 탓에 가게는 좁아지고, 수리비용은 불어나고, 정말 힘들었다.

그랬는데 오늘 그 운반꾼이 모두 해결해 주었다. 조만간 다시 요리라도 대접해야겠다.

"그럼, 슬슬 가게 문을 잠글까."

청소를 마무리하고 점주가 청소 용구를 정리하던 중.

──와르르.

뒤에서 무엇인가가 부서지는 소리가 들렸다.

"뭐, 뭐지?"

점주가 무심코 뒤돌아보았다.

"어……?"

하늘을 나는 운반꾼이 남긴 손톱자국이 찢어지듯이 갈라지며 고룡의 비늘이 부서지고 있었다.

그 단단하던 비늘이, 이 가게에 버티고 있던 골칫덩이가 소리를 내면서 부서지고 있는 것이다.

"대, 대체 이게…… 무슨…….."

점주는 당황해서 가까이 다가가서 고룡 비늘을 바라보았다.

이미 기둥이라 할 수 없을 만큼 작아진 검은 덩어리의 단면에는 깊게 베인 상처가 남아 있었다.

"설마…… 그 운반꾼이 고작 일격으로 내부까지 부쉈다는 말인가……?!"

놀라움과 함께 말한 점주의 목소리가 울리는 동안에도 고룡 비늘은 부서지고 있었다.

그 광경에 점주는 기쁨에 떨면서 숨을 토했다.

"다음에 오면 깜짝 놀랄 만한 보답을 해줘야지……. 근데 하늘을 나는 운반꾼…… 정말 초급 직업 맞아?"

"지금 한 번에 가져올 수 있는 스킬은 두 개가 한계인 것 같네."

과거 운송 기능을 손에 넣은 다음 날, 나는 바젤리아와 함께 집 근처의 찻집에서 점심을 먹으면서, 아침부터 한 실험 결과를 확인했다.

"결국, 지금 운송 주머니 용량 절반을 사용해야 스킬 하나를 겨우 가져오는 모양이야."

"그런 것 같네. 주인이 세 개 이상 스킬을 사용하려고 해도 발동하지 않았고. 운송주머니를 완전히 비우지 않으면 하나밖에 가져올 수 없었으니."

운반꾼으로서 계속 움직이려면 스킬 한 개 분을 확보해 두는 것이 균형이 맞는 것 같다.

다행히 용기사 스킬 중에는 하나만 사용해도 유용한 것이 잔뜩 있다.

애초에 사용할 수 있는 것만으로도 감지덕지다.

"뭐, 과거 스킬에 기대하기 보다는 그냥 부가적인 효과정도로 생각하는 게 좋을 것 같네."

"으음, 주인은 정말 용기사에 미련이 없다고 할까, 욕심이 없네. 그런 점도 좋지만."

"미련을 가진들 달라질 건 없잖아. 그저 운반꾼으로서 스킬을 단련해서 사용하고 싶은 욕심은 있다고? 운반꾼 스킬은 재밌고."

과거 운송뿐만이 아니다. 운송주머니에서 많은 가능성이 느껴진다.

……아직 실험하고 싶은 것도 남아있고, 과거 운송을 포함해서

스킬의 기능을 더욱 능숙하게 다루고 싶다.

내가 테이블 위에 놓인 운송주머니를 만지작거리고 있는데,

"──음, 혹시, 악셀 군인가?"

"어라? 도르트 아저씨?"

가게 카운터 안에서 도르트가 손을 흔들면서 다가왔다.

"왜 이 가게에서 도르트 아저씨가 나오는 거지?"

"아, 여기는 내가 직접 납품하는 가게일세. 여기 오면 좋은 차를 맛볼 수가 있지. 오늘도 손님이 많지 않은 틈을 타 물건을 건네주러 온 김에 차를 한 잔 마시고 나오는 길이라네."

도르트는 내 옆자리에 느릿느릿 앉았다.

"상업 길드의 이인자가 직접 물건을 가져오는 가게였던 건가."

집에서 멀지도 않고 꽤 맛있는 요리와 고기를 팔고 있어서 자주 오는 곳이지만 설마 그런 가게인 줄은 몰랐다.

뭐, 그렇다고 해도 이 가게 평가가 달라지는 건 아니지만, 하고 차를 한 모금 마셨다.

"그러고 보니 그 이야기는 들었네. 악셀 군. 『미티아』의 비늘을 부쉈다지?"

도르트가 차를 마시며 그런 이야기를 꺼냈다.

"나중에 가서야 멋대로 무너진 모양이더라고. 점주가 엄청 고마워했어. 식사권도 잔뜩 받았고."

무려 일 년 동안 마음껏 먹을 수 있을 정도로 받았다. 다른 도시에 있는 가맹점에서도 사용할 수 있다는 모양이니 유용하게 활

용할 생각이다.

"어쨌든, 그 방해가 되는 걸 치웠다니 다행이네."

"고룡 비늘을 그저 방해되는 물건 취급인가……. 정말이지, 어떤 기술을 사용한 건지 모르겠지만 여전히 자네는 나를 놀라게 하는군."

"그보다 도르트 아저씨, 여전히 귀가 밝네."

내가 주점 점주에게 비늘이 부서졌다는 말을 들은 게 오늘 아침인데.

"이 마을과 바람의 도시에 대한 것이라면 어느 정도 정보를 모으고 있으니까 말일세. ……뭐, 자네 이야기는 이 마을에 소문이 자자하니 굳이 모을 필요도 없네만. 알고 있는가? 『하늘을 나는 운반꾼』은 이 도시만이 아니라 도시 밖의 유통 관계자들조차 알고 있는 유명인사가 되어 있다네."

"그렇게까지 유명해졌나?"

"그렇다네. 아직 소문정도로 떠도는 이야기도 많네만, 별의 도시에 『하늘을 나는 운반꾼』이 있다는 소식 정도는 이미 다들 알고 있다네."

"정보가 퍼지는 속도가 무시무시하네. 뭐, 내가 곤란할 일만 없다면 딱히 이름이 어떻게 퍼지든지 상관없지만."

그렇게 말하자 도르트는 호호호 하고 웃고 조용히 고개를 좌우로 흔들었다.

"이 이야기로 자네가 곤란해질 일은 없을 테지만, 혹여나 곤란

한 일이 생기면 언제든지 말해주게. 얼마든지 도와주고 정보통제
도 해 주겠네."

"아니, 음, 마음은 고맙지만 나 같은 일개 운반꾼한테 그렇게까
지 할 필요까지야."

"악셀 군, 자네는 그 정도 가치와 힘을 가지고 있네. 오히려 우
리 길드에 들어와 줬으면 할 정도로 말일세. 나아가서는 내 손녀
의 스승으로 붙여 주고 싶기도 하고."

"갑자기 스카우트 제의인가?"

"음! 솔직히 말해서 그렇다네! 사지타리우스에서 기본적인 것
은 배웠을 테니 말일세. 어떤가?"

예상 밖의 직구가 날아왔다.

이렇게 곧바로 대응하는 게 나로서는 대답하기 편하다. 그렇게
생각하면서 나도 솔직하게 대답했다.

"──도르트 아저씨한테 그런 말을 듣는 건 고맙지만, 공교롭
게도 난 이제 막 걸음을 뗀 참이라 아직 배울 게 많아. 그러니까
누군가를 가르치는 일은 할 수 없어."

게다가…… 아직 한 곳에 소속되고 싶은 생각은 없다.

솔직하게 대답했더니 도르트는 조금 아쉬운 듯이 웃었다.

"그런가……. 아니, 그 말대로다. 나도 너무 서둘렀군. 그렇지
만 마음이 바뀌면 언제든지 말해주게! 자네라면 언제든지 환영하
도록 하지. 의뢰도 필요하면 내주겠네. 각 도시에 중개도 가능하
니 무슨 일이 있으면 말해주게나."

그리고 아쉬운 듯한 미소를 지으면서 호쾌하게 이를 보이면서 그렇게 말했다.

　"거절했는데도 그렇게까지 해주니 미안하네."

　"신경쓰지 마시게! 자네는 내 손녀를 구해준 은인이고—— 이 도시가 자랑하는 운반꾼이니까. 자, 이번 계산은 내가 할 테니 마음껏 먹고 가게나."

　"오오, 고마워, 도르트 아저씨."

　그렇게 해서 상업 길드 서브마스터와 돌발적인 식사시간은 지나갔다.

　도르트와 차를 마신 뒤, 나는 사지타리우스를 방문했다.

　오늘부터는 초보자용 의뢰가 아니라 전문 운송으로 좀 더 어려운 의뢰를 해치우러 갈 예정이다.

　어떤 일이 있을지는 모르겠지만.

　"정신 바짝 차리고 갈까, 바젤리아."

　"주인이라면 좀 느긋하게 해도 괜찮을 것 같은데. 그래도 뭐, 진심으로 열심히 하는 주인 얼굴도 좋아하니까. 적당히 긴장하고 열심히 할게!"

　그렇게 의기투합한 뒤에 오늘도 우리는 마리온이 가져온 중급 클래스 의뢰를 하기로 했다.

　"……왠지 이번에는 『마수 습격 염려 있음』 같은 게 적힌 의뢰

뿐이네."

가져온 의뢰서 대부분에 빨간 글씨로『전투 위험 있음!』이나 『난이도 10·추천 레벨 10 이상』등 이런 주의사항이 적혀 있었다.

덧붙이자면 장소도 마을 중심부에서 떨어진 교외나 바람의 도시 등 다른 도시로 향하는 의뢰도 늘어난 것 같다.

"과연, 운송 범위가 넓어지고 위험성도 높아지는 건가."

내 감상을 들은 마리온이 긍정하듯 고개를 끄덕였다.

"그렇지. 일이 어려워지면 대체로 그런 느낌이야. 별의 도시는 교외로 나가면 마수와 마주치는 일도 적지 않으니까."

"아, 그건 그렇겠군. 여기는『원시생림』하고 가까우니."

별의 도시는 미개척지역── 마수가 사는『원시생림』과 인접해 있다.

"그래, 도시 안에서만 처리하는 일은 안전하지만 밖으로 나선 다면 이야기는 달라지니까. 특히 위험한 게 마수들이 사는『원시생림』에 가까이 가는 일이나, 누가 만들었는지조차 알 수 없는 수백 층의 던전 깊숙이 들어가는 일 같은 거지. 이번 의뢰 중에서 그런 건 없지만."

"이 도시도 생각보다 위험 곳에 자리 잡고 있군."

"그 대신 자원도 풍부하고, 덕분에 돈이 돌아 마을이 발전하고 있으니까. 살 곳을 잘못 선택한 게 아니라면 위험할 일도 없고, 좋은 도시야."

"그건 동감이야. 덕분에 밥도 맛있고."

마수는 심장 부분에 마력을 모아 놓은 마석을 가지고 있는데, 마수가 죽을 때는 그 마석이 바닥에 마력을 흩뿌린다.

그 때문에 『원시생림』과 가까이 있는 도시는 비교적 비옥한 땅을 가지고 있다.

"이번 일들은 지난번보다 어려운 일들이니까, 이번에는 나도 동행하도록 할게."

"마리온이?"

"그래. 악셀 씨는 전 직업이 전투 직업이라고 했고 싸움도 능숙하겠지만, 운송 업무를 수행하며 싸운 적은 없지?"

"……그래, 확실히 그렇군."

운반꾼 되고 나서 벌인 전투라고 해봐야 전직 첫날에 몇 번 겪은 게 전부다. 정식 의뢰 도중에 마수와 싸운 적은 없다.

"그래서 내가 같이 가려고. 이번 의뢰는 가벼운 마음으로 하면 돼."

마리온은 그 풍만한 가슴에 손을 얹고 말했다. 마음은 정말 고맙다. 고마운데…….

"왠지 매번 배려해 주는데, 정말 괜찮겠어? 마리온도 할 일이 있을 거 아냐?"

그렇게 말하자 마리온은 부드럽게 웃었다.

"후후, 딱히 배려하는 게 아니야. 내가 재미있어서 하는 거지. 내 일은 문제없이 하고 있는 걸?"

"응? 하지만 내가 의뢰를 끝나고 돌아올 때마다 길드에 있었던 것 같은데."

특히 그저께는 수십 분에 한 번씩 돌아갔지만 거의 계속 있었다.

"아아, 악셀 씨는 굉장히 빠르게 의뢰를 해치우고 곧바로 길드 하우스에 돌아오니까 놀랐지만. ……난 이래 봬도 상급 직업인 《공의비각》이니까. 악셀 씨처럼 장거리 일을 고속으로 해치우는 건 힘들지만, 어려운 대신 거리는 짧은 일을 꽤 해치웠다고? 이런 스킬도 있고."

마리온이 말하면서 허리에 동여맨 상자를 탁탁 두드렸다. 그러자 그녀의 몸이 환영처럼 희미해졌다.

"미채…… 인가."

"비슷하지만 달라. 【불지(不止)】라는 스킬인데, 이 스킬을 사용하면 마수가 덤비지 않아. 덕분에 던전 안에서 마수 집단과 마주쳐도 몰래 다닐 수 있지. 그치, 코하쿠?"

마리온은 옆에서 사무작업을 하던 코하쿠에게 말을 걸었다.

"으, 응. 마리온은 요전에도 마수 서식지에 갔다 왔고, 그저께는 가까운 던전 중간층까지 다녀왔어. 두 건 모두 모험가들이 곤란한 상황에 빠져있었으니까, 소속 길드나 학원으로부터 도와줘서 고맙다는 감사 염문이랑 추가 보수가 왔었어."

코하쿠는 조금 놀란 듯한 표정으로 마리온의 업적을 설명해 주었다.

"오오……. 초급 직업인 내가 말하긴 그렇지만, 나 같은 초보자를 돌봐주면서 일을 해치우다니. 마리온, 대단하네."

그렇게 말하자 마리온은 쓴웃음 지었다.

"후후, 칭찬해줘서 고마워. 그래도 내가 보기엔 초급 직업인데 벌써 이런 일을 할 수 있는 악셀 씨가 더 대단한 것 같은데? 바젤리아 씨도 그렇고. 그러니까 나는 그런 거 신경 쓰지 않아."

후후, 하고 쓴웃음에서 웃는 얼굴로 표정을 바꾼 마리온에게서 여유가 느껴졌다.

"그야, 운반업계 선배 겸 누나 같은 입장으로는 좀 더 돌봐주고 싶지만."

"아, 그건 무슨 기분인지 알 것 같아. 주인은 도움 없이도 척척 앞으로 달려가서 성장해버리니까. 어떻게든 돌봐주고 싶은데 말이지……."

"왜 이상한 데서 의기투합 하는 거야, 마리온, 바젤리아."

마리온은 꽤 누님 기질이 있는 것 같아서 보살펴 주고 싶어 하는 것은 알고 있었다.

도움 받은 것도 있고, 고맙다고 생각은 한다만…….

"그래서, 어느 걸로 할지 정했어?"

마리온은 내가 들고 있는 의뢰서를 훔쳐보면서 물었다.

이번 일은 지금까지 해오던 일들보다 어려운 일이기 때문에 방심하지 않고 신중히 처리할 생각이다. 그래서 가능하면 초보 의뢰와 비슷한 걸 고르고 싶었다.

"이 『마수 연구소로 마수 토벌 기재 샘플 운송』 의뢰를 할게. 물건을 도시에서 조금 떨어진 연구소에 전달하는 일이니까 전에 하던 것과 업무 내용도 비슷하고."

"그렇네. 초심자용 의뢰와 비슷하지만…… 난이도가 12니까, 너무 쉽지도 않고 괜찮지 않을까? 조금 힘들지도 모르겠지만, 무슨 일이 생기면 내가 도와줄 테니까 오늘은 같이 열심히 하자 둘 다."

"응, 긴장을 늦추지 말고 다녀오자!"

"오늘은 잘 부탁해—— 마리온!"

그렇게 해서 우리는 마리온과 함께 조금 어려운 의뢰에 도전하기로 했다.

별의 도시 남문을 나와 조금 가면 마수 연구소가 나온다.

원시생림에서 서식하는 마수를 연구하는 국영 기관이다.

그리고 우리가 지금 향하는 곳이기도 하다.

"바람의 도시로 가는 길과는 달리 마수의 냄새가 나, 주인."

"아직 도시랑 가깝고 개척 공사도 진행했으니 그렇게 많지는 않다만."

그렇다고 마수가 아예 없는 건 아니다. 슬라임 같은 마물도 간간히 보이기 때문에 긴장을 풀어서는 안 된다.

"저 하얀 건물이 마수 연구소야."

목적지가 보일 무렵, 우리는 이변을 느끼기 시작했다.

"저기, 마리온. 연구소가 어째서인지 마수에게 둘러싸여있는 거 같은데?"

하얀 건물 주위를 둘러싸듯이 마수 십여 마리가 주위를 맴돌고 있었다.

"……정말이네. 게다가 저거 그레이 워 울프잖아. 얼음 마법을 부리니까 원시생림에서도 꽤 위험한 대형 마수야."

마리온의 말대로 저 회색 털과 뿔을 가지고 있는 거대한 늑대는 꽤 영리한 편이다. 사냥감을 사냥 할 때는 마법을 사용하기도 한다.

당연히 사람도 그 먹잇감 중 하나이다.

"왜 저런 데서 어슬렁거리고 있는 거지?"

마왕이 있던 시대라면 몰라도 야생 그레이 워 울프는 원시생림 밖으로 나오는 일은 거의 없을 텐데.

"마수 연구소에서 저런 식으로 마수를 모으는 건 아니지?"

"그럴 리가. 저렇게 대형 마수를 잔뜩 모은다는 이야기는 들은 적도 없고, 본 적도 없어. 애초에 그런 위험한 일을 한다면 먼저 우리 길드에 연락을 했겠지."

그렇다는 건 연구소가 불러 모은 게 아니란 이야기군.

이유를 생각하고 있자니 마리온이 갑자기 발걸음을 멈췄다.

"응? 무슨 일이야, 마리온."

"아니, 이걸 어떻게 뚫고 배달하면 될까 싶어서."

"그냥 부딪쳐서 적당히 내쫓으면 되지 않을까?"

"아, 악셀 씨는 처음부터 쫓아낼 생각부터 했구나. 보통은 어떻게 마수들을 피해갈지를 생각한다고."

"피한다니? 저렇게 득실대는데 그건 어렵겠지."

대형 마수들은 사람도 사냥 대상에 들어간다. 큰 소리를 낸들 겁을 먹을 리가 없다.

이렇게 된 이상은 그냥 싸워서 처리하는 게 편하겠다 싶어서 한 말인데.

"악셀 씨 의견도 상급 전투 직업이나 가능한 의견이라고 생각하는데……. 아니, 이제 초급 직업도 아니니까 악셀 씨 생각이 맞을지도 모르겠어."

마리온은 한숨을 토하면서 뭔가를 포기한 듯한 웃음을 지었다.

일부 운송업자들과는 비슷한 생각이었으니.

"……음, 늑대들도 우리를 발견한 것 같네."

그레이 워 울프들이 이쪽으로 시선을 향했다.

"그래…… 이렇게 된 이상 어쩔 수 없네. 마음을 다잡고 싸우자. 숫자가 저렇게 많으니 도와줄 수 있을지는 잘 모르겠지만. ……나도 노력해 볼게."

"그래, 알았어. 바젤리아도 준비됐어?"

"나도 OK. 당장 쫓아버리자."

우리는 연구소로 다가가기 시작했다.

그러자 그레이 워 울프 중 몇 마리가 이쪽으로 달려왔다. 그 우락부락한 몸 주위에는 얼음으로 된 창이 몇 개인가 떠 있었다.

"저게 아이스 랜스인가."

"응, 맞으면 보통은 크게 다치니까 조심──."

"쿠아아아아!"

마리온이 말을 끝내기도 전에 그레이 워 울프가 포효하기 시작했다. 동시에 여러 개의 얼음 창이 한 덩어리가 되어 탄환처럼 날아왔다. 내 머리를 향해.

"아, 안돼! 악셀 씨, 피해!"

마리온은 당황해서 내 머리를 숙이게 하려고 했다.

"아, 괜찮아. 저 정도라면 피할 필요도 없어."

"어……?"

나는 손에 들고 있던 운송주머니를 열고 수평 궤도로 날아온 얼음 창을 받아냈다.

"그대로 돌려주마."

그리고는 운송주머니 내용물을 던지듯이 얼음 창을 되던졌다.

얼음 창은 아까보다 훨씬 빠른 속도로 그레이 워 울프를 향해 날아갔다.

"――――?!"

쿵! 소리 내면서 얼음 창이 격돌하자 주변에 있던 그레이 워 울프가 한꺼번에 튕겨 날아가고, 그중 두 마리는 더 이상 움직이지 않았다.

그리고 마수의 시체는 빛처럼 사라지며 마석을 떨어트렸다.

"…………."

그 광경을 보고 남은 워 울프들은 서로 마주보더니, 당황한 나머지 급하게 도망가기 시작했다.

"······그, 그아아아아아!"

완전히 전의를 상실한 것 같다.

"좋아. 끝났네. 그럼 다시 배달하러 가자."

나는 운송주머니를 닫으면서 머리를 누르고 숙이고 있던 마리온에게 말했다.

"······저기, 악셀 씨? 어째서 대형 마수를 쫓아냈는데 왜 그렇게 태연한 거야?"

"아니, 나는 날아오는 공격을 그대로 되돌려 줬을 뿐, 특별히 뭘 한 건 아니잖아?"

운송주머니를 유효 활용해서 운반꾼다운 싸움을 했다고 생각하는데.

"아니, 평범한 사람은 창이 날아오는 걸 끝까지 보지 못한다니까? 나조차도 피하는 게 고작인데?! 애, 애초에, 그런 식으로 운송주머니를 사용하는 거 처음 봤어! 아니, 마법을 넣는 운송주머니가 없는 것은 아니지만! 설마 그대로 되돌려준다니, 어떻게 된 거야?!"

마리온은 목소리를 높이면서 말했다.

"이렇게 하는 게 편하잖아? 내 마력이나 무기를 소모하지 않아도 되니까."

"그러니까 평범한 운반꾼은 그럴 능력이 없어······. 다시 내뱉는다고 해도 조준이 말처럼 쉬운 것도 아니고······. 오히려 용케 맞췄네, 악셀 씨."

"투척 기술은 좀 자신 있거든. 전투 직업이었던 시절에는 창이라던가 망치라던가 무기를 던지는 연습도 자주 했었어."

무기를 던져서 발동시키는 스킬도 있었지만, 용기사시절에는 공중전을 주로 했으니까 무기를 회수하는 게 귀찮았다.

그래서 적어도 목표에 정확하게, 그리고 놓치지 않도록 물건을 던질 수 있게끔 연습을 했다.

설마 운반꾼이 되어 써먹을 줄은 몰랐지만.

뭐든지 연습해 두면 도움이 되는구나.

"뭐라고 할까…… 악셀 씨가 싸우는 건 처음 봤지만, 응. 확실히 이건 카우프만 씨가 높게 살만한, 아니 높게 사야만 할 수준이네……. 악셀 씨는 매번 정말 예상을 뛰어넘으니까 질리지 않는구나……."

마리온은 쓴웃음 반, 그리고 즐거운 듯한 웃음 반이라는 표정을 지었다.

……전에 용사들에게도 같은 말을 들었던 것 같은데.

칭찬인지는 모르겠지만.

"어쨌든, 이걸로 방해꾼은 물러갔으니 빨리 가자, 마리온. 또 마수들이 모여들지도 모르고."

"아, 응, 그러네. 가자."

어떻게든 문제없이 중급 클래스의 첫 일은 해 나갈 수 있을 것 같았다.

"……설마 상급 마수라는 이상 사태가 발생했는데, 내 도움이 필요 없을 정도로 간단히 처리할 줄이야. 정말 터무니없는 사람이야……!"

나는 마리온의 흥분한 목소리를 들으면서 마수 연구소의 문을 두드렸다.

"악셀 씨가 짐을 갖다 주는 사이에 아까 그 대형 마수들이 다시 올지도 모르니 내가 주위를 둘러보고 올게."

"아, 그럼, 난 반대 방향을 보고 올게——."

"그래, 잘 부탁해. 마리온, 바젤리아."

그런 대화를 하고 나서 연구소문을 두드린 뒤, 기다리기를 수십 초.

문을 열고 나온 건 백의를 입은 소녀였다.

키는 작았지만 어느정도 긴 귀와 약간 어른스러운 얼굴을 보니 아마 드워프 여성인 것 같다.

그녀는 내 얼굴을 올려다 보자마자 깊이 고개를 숙였다.

"마수를 쫓아주셔서 감사합니다!"

"뭐, 이것도 일이니까. 그래서 네가 이 연구소의 사람이야?"

물어봤더니 드워프 소녀는 용수철이 달린 인형처럼 머리를 숙였다.

"아아, 인사를 깜박했군요. 저는 이 연구소 소장인 노노아라고 합니다."

그녀가 가슴에 붙인 명찰을 보여주며 말했다. 명찰에는 마수 연구소 · 대표라고 쓰여 있었다.

"대표가 직접 인사해준다니 영광이네."

"아뇨, 이 정도는 당연합니다. 마수를 쫓아주셔서 감사합니다. 멀리 창문으로 보더라도 알 수 있는 힘이었어요! 그레이 워 울프의 마법을 받아치다니, 그런 고속 전투는 처음 봤습니다!"

"그래? 뭐 내 생각에도 빨리 싸움이 끝나서 다행이지만. ……그런데 왜 저렇게 그레이 워 울프들이 모인 거야?"

대형 마수가 숲을 빠져나온다거나 건물을 빙 둘러싸는 광경은 거의 본적이 없다. 그러니, 이번 일의 자초지종을 보고 있었을 노노아에게 물어봤지만 그녀는 어려운 표정으로 고개를 갸웃거렸다.

"그게 말이죠. 저희들도 자초지종을 모르는 일이라서요. 원시생림에서 하나 둘 기어 나오더니 이쪽으로 다가오는 게 아니겠습니까? 곧바로 직원들을 연구소 안으로 대피시켰지만 이런 곳까지 저렇게 많은 대형 마수가 온 것은 처음입니다."

"그럼, 이유는 몰라?"

"네. 마수의 왕이…… 마왕이 있던 시절을 생각해 봐도, 이런 적은 거의 없었습니다. 연구소에서는 서식지인 원시생림에서 무슨 이상이 발생한게 아닌가 추측하고 있습니다."

"그렇군."

나는 연구소에서 멀리 떨어져있는 원시생림을 바라보았다.

키 큰 나무들 덕에 꽤 멀리 떨어진 여기서도 잘 보이기는 하지만.

……안에서 무슨 일이 있는지는 모르겠군.

뭐, 그런 걸 연구하는 게 바로 노노아의, 마수 연구소의 직원들이 일이다. 그저, 무슨 일이 일어날지 모르니 경고정도만 해둬야겠다.

"그러니까 이제부턴 당신도 원시생림 쪽에 조사하러 가거나 하실 때는 조심해 주세요."

"응, 아아, 뭐 나한테는 그런 의뢰가 오지는 않겠지만."

"아뇨, 이렇게 강하신 분이니까 분명 그런 의뢰가 올 겁니다. 그보다 연락한 얼마 지나지도 않았는데 이리 와 주셔서 감사합니다……."

다시 노아가 꾸벅 인사했다.

뭔가 서로 다른 이야기를 하고 있는 것 같은데.

"그런 급한 의뢰였나? 내가 받은 의뢰서에는 그런 말은 없었던 것 같은데."

"의뢰서요? 저는 염문으로 긴급 연락 했는데요?"

"……으응?"

이상하다. 그런 긴급 의뢰라는 말은 절대 적혀 있지 않았다.

어떻게 된 거지?

"저기, 실례입니다만 당신은 이번 긴급 의뢰를 받고 오신 용병분들이 아니십니까?"

노노아도 의아한 표정을 짓기 시작했다.

아까부터 미묘하게 이야기가 어긋난다고 생각했는데, 아무래도 착각을 하고 있었던 것 같다.

"아니, 난 운반꾼인데?"

"네?"

노노아는 어리둥절한 시선으로 나를 쳐다봤다.

"으응……? 무슨 말이신가요?"

"아니, 그러니까 난 이 연구소에 물건을 배달하러 온 사람이라고. ……그게 이거야."

그렇게 말하고 운송주머니에서 금속 상자 몇 개를 꺼냈다.

그리고 이어서 가죽 주머니 12개를 꺼냈다. 이게 연구소의 의뢰로 운반해 온 물건이다.

"그래서, 이 사지타리우스에 온 의뢰서에 도장이나 사인을 해주면 OK야. 그런고로, 자."

화물을 꺼낸 나는 노노아에게 종이를 한 장 건넸다. 이번에 받은 의뢰서의 사본이다.

그것을 본 노노아는 천천히 내 얼굴을 보고 나서 종이에 시선을 떨어뜨리고, 다시 내 얼굴을 보았다.

"네에에에에에에에에에에에에에에?!"

그리곤 갑자기 비명소리를 내며 뒤로 물러섰다.

"우, 운송업자, 사지타리우스의 직원이셨나요……?!"

"그러니까, 아까부터 그렇다고 하잖아? 운송 직업 중에 운반꾼 이라니까."

내가 운송주머니를 보여주면서 어필하자, 노노아는 몸을 부르 르 떨기 시작했다.

"저런 대형 마수를 쫓아낸 분이 운송업자였다니……? 그, 그게 현실적으로 가능할 리가——."

"——그게 가능하다는 거지, 연구소장. 그러니까 진정해."

어쩔 줄 몰라하는 노노아를 부른 것은 이쪽으로 돌아오고 있던 마리온이었다. 옆에는 바젤리아도 있었다.

"아, 마리온. 돌아왔구나. 거기다 바젤리아도."

"응, 다녀왔어 주인——."

"주변은 어때? 괜찮을 것 같아?"

"응, 마수는 보이지 않았어. 그러니까 당분간은 안심해도 될 것 같아."

마리온의 의견에 바젤리아도 동의했다.

"나도 마리온이랑 똑같아——. 문제없었어. 큰 소리가 나기에 급하게 돌아왔는데 무슨 일이야?"

"아니, 마수한테 둘러싸여 있어서 용병을 불렀는데 우리랑 그 용병을 착각한 것 같아."

그러자 마리온이 알겠다는 듯 고개를 끄덕였다.

"그래, 어쩐지 아까 큰 소리가 났을 때의 상황을 알 것 같네.

……뭐, 이 소장님은 운송 직업이 어떻게 싸우는지 알고 있을 테니까, 악셀 씨를 보면 용병이라고 착각할 수도 있겠네. 그래도 뭐, 머리 회전이 빠른 사람이니까 슬슬 정신을 차릴 거야. 그치?"

마리온이 그렇게 말을 걸자, 그 순간 멍하게 있던 노노아의 눈에 초점이 돌아왔다.

"아, 네, 네. 괜찮습니다. ……마리온 씨가 있다는 말은 정말로 사지타리우스 분이시군요.

그 싸우는 광경을 봐서는 도저히 믿기 힘들지만……."

"그렇게 말해도……. 어쨌든 물건은 이거 맞지?"

다시 물건을 보여주면서 물어보자 그녀는 고개를 끄덕였다.

"으, 음, 네. 됐습니다. 의뢰한 물건은 전부 확실하게 받았습니다. 감사합니다."

그렇게 건넨 의뢰서에 사인해서 나한테 돌려주었다.

이것으로 의뢰 완료.

하지만 노노아는 아직 놀라움이 가시지 않은 모양이었다.

"저기, 마리온 씨. 이 분은 운송 길드에 새로 들어온 분이신가요?"

"으음, 정식은 아니지만. 여기 있는 악셀 씨랑 바젤리아 씨가 사지타리우스에서 활약하고 있는 것은 맞아."

"그런가요……. 운송뿐만 아니라 전투도 가능하신 분도 있었군요……."

나를 보면서 노노아가 그렇게 말했다.

"최근 전직한 신참이야. 잘 부탁해. 그래도 뭐, 내 경우엔 전투를 잘 한다고는 해도 어디까지나 부차적은 일이고 본업은 운반꾼이니까."

그 말에 마리온도 깊이 고개를 끄덕였다.

"그렇네! 덧붙이면 악셀 씨는 운반꾼으로서는 예외니까. 그 점은 소장도 이해해 줘? 절대 다른 운반꾼한테 같은 일을 부탁하면 안 돼."

"네에! 저, 저도 알아요!"

노노아는 당황한 듯이 고개를 흔들고 내 쪽을 향했다.

"그럼 다시 한 번, 악셀 씨, 이번에 물건 운송에 더해 강력한 마수를 쫓아내 주셔서 감사했습니다! 당신 덕분에 정말 살았습니다. 또 일을 맡길 수 있으면 기쁘겠네요."

"그래. 다시 보자 노노아 소장."

그렇게 나는 마수 연구소 소장과 알게 되고 어떻게든 평화롭게 난이도 높은 의뢰를 클리어할 수 있었다.

아직 운반꾼으로서는 신참이지만 초보자용 의뢰를 받았을 때보다 충실감이 느껴졌다.

최강 직업(용기사)에서 초급 직업(운반꾼)이 되었는데,
어째서인지 용사들이
의지합니다

제4장 ◆ 움직이기 시작하는 사람들

　해가 저물어 어두운 밤. 마리온은 미티아의 가장 안쪽 방에 앉아 있었다.

　커다란 원탁이 놓여 있는 개인실이다.

　원탁에 앉는 마리온의 반대편에 도르트가 앉아 있었다.

　"그럼, 제107회 S랭크 12길드 대표자 연합회를 시작하겠다! 사회는 나 도르트가 맡도록 하지."

　도르트가 자리에서 일어나 시원시원한 목소리로 선언했다.

　"부탁할게――. 그래봐야 이번 집회엔 나밖에 없지만."

　마리온이 박수를 치며 그렇게 말하면서 대답하자, 도르트는 복잡한 표정을 지었다.

　"음, 한 사람이라도 와준 게 어디겠냐마는. 이 주변 도시, 나아가서는 이 나라의 운영에도 영향을 끼치는 모임인데 다른 사람들은 대변인조차 보내지 않다니."

　"지금은 강신제도 가깝고 신들을 위해서 물건을 모으려고 왕도에 다 나가 없으니까. 그 이상으로 이번에는 의제도 별로 없고."

　마리온은 책상 위에 적힌 한 장의 종이를 보았다.

사전에 편지로 전달된 이번 의제이다.

"그나마도 주요 의제가 카우프만 씨의 상업 길드 제미니아가 파는 마석이나 자원물자의 출하 가격 조정이니…… 이러면 아무도 안 올 만 하지."

"모처럼 도시 운영도 돕고, 나도 돈을 벌 수 있는 이야기를 나눠보려고 했건만……. 다들 다른 도시에 본부를 두고 있다고는 하나, 나와서 얼굴 정도는 비쳐도 좋지 않나."

후우, 하고 풀이 죽은 듯이 도르트는 원탁에 있는 의자에 앉았다.

"이 정도는 이해해 주자고. 회의가 끝나면 의사록을 보낼 거잖아. 출석하지 않았다는 회의 결과에 대해서 우리한테 맡긴다는 뜻이기도 하고."

"흠…… 그렇군. 좋은 기회니 그들이 화내지 않을 정도로만 우리에게 유리하도록 만들어 볼까. ……그래, 최근 마술 길드가 돈이 남아도는 모양이던데, 녀석들에게 꼭 필요한 상급 마석의 가격을 조금 올려버릴까."

투덜거리기 시작한 도르트를 향해 이번에는 마리온이 쓴웃음을 지으면서 한숨을 쉬었다.

"싸움이 나지 않도록 적당히."

"그래, 알고 있네. 반은 농담일세── 뭐, 이렇게 자네와 단 둘이서 개인적인 이야기를 할 좋은 기회이기도 하고."

"개인적인 이야기라니 어떤?"

"아아, 우리가 출자하고 있는 마수 연구소의 의뢰를 맡아주고 나아가 위급상황에서 구해준 건 말이네. 노노아 소장이 무척 감사하고 있더군. 그리고 나도 감사하고 있다네. 마수들에게 습격당했다는 급한 연락을 받았을 때는 간담이 서늘했었지."

그 연구소는 마수를 연구하는 중요한 역할을 맡고 있어서 별의 도시의 영주뿐만 아니라 많은 길드가 출자하고 있다. 그 중에서 도르트의 상업 길드는 꽤 높은 비중을 차지하고 있다.

그래서 크게 걱정했다는 말이겠지.

"이런저런 사정은 들었나 보네."

"그래. 더 많은 이익을 위해서라도 안전은 중요하지. ……악셀 군이 관여되어 있으니까 당연하지만. ……그래서, 악셀 군은 그 후에 어떤가."

"놀랍다는 말밖에 할 말이 없어. 나도 분발해야겠다고 생각할 정도로 말이야."

"그런가, 그런가. 좋은 영향을 받은 것 같아서 기쁘군."

도르트는 만족한 듯이 끄덕였다.

생각해보니 그의 소개로 악셀과 만나게 되었다.

……그 덕에 이런저런 광경을 볼 수 있어서 즐겁지만.

그 이상으로 물어보고 싶은 것이 있다. 그래서 마리온은 최근 생각하고 있던 것을 도르트에게 물어봤다.

"저기, 카우프만 씨. 하나 묻고 싶은 게 있는데."

"응? 뭔가?"

"……악셀 씨는, 그『불가시의 용기사』악셀이 맞아?"

마리온의 질문에 도르트는 몇 초 동안 입을 다물고 있었다.

그러나 도르트의 표정에서 놀란 기색을 찾을 수는 없었다.

"흠…… 역시 자네도 그렇게 생각하나. 언젠가 그 질문을 할 거라고는 생각했네만."

아무래도 예상하고 있던 질문이었나 보다.

그렇다면 좋은 기회다, 하고 마리온은 계속해서 말했다.

"뭐, 이렇게까지 힘을 보여줬으니까. 카우프만 씨가 뭔가 알고 있을지 모르니 물어봐야지. 카우프만 씨는 그가 이 나라를 구한 용사라고 확신해?"

불가시의 용기사라는 존재가 있었다는 것과 악셀이라는 이름의 용사가 있었다는 것은 이 나라에는 이미 널리 퍼진 이야기다.

그렇지만, 그것만으로는 《운반꾼》 악셀을 『불가시의 용기사 악셀』이라고 판단할 수 없다. 그리고 그건 도르트도 마찬가지였다.

"나는 확실하다고 생각하네. ……다만, 자네도 알다시피 불가시의 용기사의 얼굴은 사진으로도 기록으로도 알려진 게 없다네. 목소리 때문에 남자라는 건 알려졌지만. 그 탓에 이름만 흉내 낸 가짜가 많이 나타나서 각 도시에서 혼란이 일어나곤 했지. 그 일은 자네도 알고 있지?"

불가시의 용기사, 악셀의 이름을 사칭하는 건 어렵지 않았다. 마왕과의 대전중에 악셀이라는 이름을 가진 사람이 마구 늘어날 정도로.

"가짜가 너무 많이 나돌자 왕도에 있던 용사들이 화가 끝까지 나는 바람에 한동안 체포하고 다닌 적도 있다는 이야기는 들었어."

"아, 나도 그때 왕도에 있었기에 선명하게 기억하고 있다네. 무시무시한 표정으로 용사들이 가짜를 잡으러 다니고는 했지."

"——그렇지만, 그 힘은 틀림없이 진짜야."

이름만 사칭하는 놈들과는 확실히 다르다.

그만큼 강한 힘을 《운반꾼》 악셀은 가지고 있었다.

"그래, 나도 그렇게 생각하네. 그렇지만, 아직도 사칭하는 사람들이 많은 것도 사실. 영웅의 이름을 따 악셀이라는 이름을 아이에게 붙이거나, 애칭으로 악셀이라고 부르는 사람들도 있으니까. 마지막 확인을 망설이는 중이라네."

"같은 파티였던 용사들의 말을 참고로 초상화를 그렸다고 들었는데."

그런 이야기를 들은 적이 있어서 물어봤다.

그러나 도르트도 그 정도는 알고 있었던 모양이다.

"그래. 용사들이 제공한 정보를 토대로 《궁정 화가》가 초상화를 직접 그렸지. 그런데 《불가시의 용기사》가 가진 패시브 스킬【정보방해】 탓에 그림이 흐릿하게 나오고 말았다네. 나도 그림을 봤네만…… 이걸로는 아무리 봐도 알 수가 없어."

그렇게 말하면서 도르트는 품에서 한 장의 종이를 꺼내서 보여줬다.

거기에는 『불가시의 용기사 악셀의 얼굴』이라는 문자와 사람 얼굴 윤곽 같은 그림이 그려져 있었다.

"······확실히 이래서야 알아보기 힘들겠네."

윤곽 안에는 얼굴의 각 부위가 왜곡되어 있어, 마치 추상적인 그림을 보는 기분이었다.

"스킬 때문에 이렇게 됐다네. 궁정 화가는 '마치 용기사 직업을 준 신께서 그 사람을 알아 볼 수 없게 하신 것 같다'라 했다고 하네."

"······《불가시의 용기사》의 정체를 밝히는 것을 운명이 거부하고 있는 건가."

"그럴지도 모르지. 진실은 본인밖에 모르겠지만. 제삼자로서는 성격, 성별, 실력이 있는지 없는지를 판단해야 하니 쉽지 않아. 거기다 중요한 부분이 완전히 불명이니까."

중요한 부분이라는 말에 마리온은 이전부터 생각하고 있던 의문점을 이야기했다.

"《용기사》가 어째서 《운반꾼》이라는 초급 직업이 되었는지 인가?"

"그렇네. 왜 운반꾼이 됐는지, 왜 그렇게까지 전투 능력이 높은지, 정보가 전혀 없다네. 소식통들에게 물어봐도 아무것도 알아낼 수 없더군. 전직의 신전은 당연히 말해 주지 않을 테고."

전직의 신전에 소속된 사람은 항상 신의 가호가 걸려 있어서 정보를 캐낼 수가 없다. 반대로 혹시 정보가 밖으로 샐 것 같으면 가호가 그 사람의 의식을 가차 없이 끊어버린다.

그러니 전직과 관계된 것이라면 본인에게 물어보는 수밖에 없는 것이다.

"악셀 씨에게 일부러 뭘 감추거나 하는 모습은 없었으니, 무슨 특별한 사정이 있냐고 물어보면 대답해 줄 것 같긴 하지만……."

악셀은 쾌활한 성격이다. 물어보려면 물어볼 수 있지 않을까, 마리온의 생각은 그랬다. 그것은 도르트도 마찬가지였다. 다만.

"그렇지만, 괜히 건들었다가 부스럼…… 아니, 용이 튀어나오는 사태는 피하고 싶군. 경솔한 짓을 벌여서 신용을 잃고 싶진 않네."

"뭐, 그건 나도 똑같아. 혹시 깊은 사정이 있다면 가볍게 물어볼 수 있을 리 없지."

"음. 애초에 그건 내 은인에게 할 일이 아니니까, 쓸데없는 짓을 하는 놈들이 있으면 혼내주자는 게 내 생각이네."

도르트는 강한 어조로 단언했다.

역시 상인이라고 할까. 음흉한 짓은 하지만 의리를 지킬 부분은 확실히 지키는 것 같다.

"뭐, 난 악셀 씨가 이야기 해 줄 때까지 기다리려고. 어떤 사정이 있다고 해도, 어떤 과거가 있다고 해도 악셀 씨는 악셀 씨일 뿐이야."

과거에는 흥미가 있지만 역시 현재가 중요하다고 마리온은 생각했다.

그리고 지금 악셀은 내가 불타오를 만큼 아주 멋진 운반꾼이다. 그 사실은 변하지 않는다.

그렇게 말했더니, 도르트는 눈을 깔고 웃었다.

"아아, 그래. 자네가 그렇게 말해 주는 사람이라 다행이군. 앞으로 악셀 군에 대해서는 셋이서 술이라도 한잔 하면서 이야기하는 게 좋겠군."

"응. 그러자. 맛있는 건 악셀 씨도 좋아하는 것 같고."

그렇게 말하면서 마리온은 미소지었다.

이제부터는 좀 더 잘 알게 되면 좋겠네, 하고 생각하면서 도르트와 이야기하고 있는데,

──똑똑.

하고, 개인실의 문을 강하게 노크하는 소리가 들렸다.

그리고 근육질인 대머리 남자가 들어왔다.

"음? 자네는…… 연구소 연락원인가? 무슨 일인가. 아직 12길드 집회 중이네만?"

의아해하는 도르트에게 대머리 남자는 당황한 듯이 머리를 숙였다.

"죄, 죄송합니다. 도르트 님. 마리온 님. 그렇지만 마수 연구소에서 긴급 보고가 있어서, 부디 12길드 집회를 끝내주셨으면 좋겠습니다."

"긴급 보고라고?"

대머리 남자는 얼굴에 흐르는 땀을 닦으면서 끄덕이고 이어서 말했다.

"원시생림에 몇 개인가 거대한 구멍…… 아니 발자국이 발견되었습니다. 아무래도 몇 마리인가 마수가 거대화한 것 같습니다.

그 마수가 이 마을에 다가오는 모습이 확인되었다 합니다……!"

그 말에 마리온은 눈살을 찌푸렸다.

"마수 거대화라고? 마왕이 의도적으로 한 이후로 처음이네."

"그렇군. ……그대로 도시로 올지는 모르겠지만 우선 별의 도시 영주에게 경계와 대응을 요청해야겠네."

도르트의 표정도 진지하게 변했다.

"정말이지, 악셀 군 이야기로 즐거운 일이 늘어났다고 생각했더니 아무래도 좋지 않은 사태가 벌어진 것 같군. 운이 나빠."

"어쩔 수 없어. 별의 도시는 그런 일이 일어나기 쉬운 도시니까. ……그래도 마수에 대한 정보와 의사록은 바로 다른 길드 지부에 보내면 되지?"

"그래, 고맙네. 운송 길드 사지타리우스에게 빠르게 부탁하겠네. 나는 길드로 가서 손을 써 두겠네."

"아아, 알았어."

그렇게 해서 두 사람은 빠르게 움직이기 시작했다.

그날 밤, 나는 바젤리아와 함께 1층에 있는 거실에서 과거 운송 스킬을 시험하고 있었다.

그저께부터 쭉 하고 있지만 과거 운송에 대해서는 아직도 모르는 것이 많다.

그저 노는 데 사용한다면 다소 불명확한 점이 있어도 큰 문제없겠지만, 일하는 데 사용할 거니 확실히 해 두는 것이 좋겠지.

그런 생각으로 이 며칠 동안은 계속 실험을 하고 있었다.

그리고 오늘도 나는 내용물을 완전히 비운 운송주머니에 닿은 상태로,

"음, 우선은【시력 강화】."

예전에 사용하던 스킬을 머릿속으로 떠올렸다.

그러자 확실히 시야가 넓어졌고 구석구석까지 보이게 됐다.

먼지가 거의 없어질 정도로 청소를 했다는 것을 알 수 있을 정도로.

"거실이 깨끗해졌네."

"에헤헤, 내가 확실하게 청소했으니까. 바닥까지 완벽하게 닦았어."

거실 소파에 앉아서 내가 실험하는 것을 바라보고 있던 바젤리아가 가슴을 펴면서 말했다.

"뭐, 깨끗하게 청소해준 건 고마운데, 바닥에 커다랗게 물로 닦은 자국이『주인 좋아』라고 적혀있는 건 뭐야……."

"와, 와와, 분명히 마른 걸레로 닦아서 지웠는데! 그보다 주인의 시력 강화는 그렇게 잘 보였던가?!"

바젤리아는 당황해 화제를 돌리려고 했다.

당황하고 있는 그녀는 귀엽지만, 밤중에 곤란하게 하는 것도 좀 미안하고 나도 화제를 돌리는 데에 동참해야겠다.

"흠, 투구를 벗고 사용한 건 처음이니까. 단순하게 시야가 넓어

진 걸지도 모르지."

지금까지 용기사 스킬을 쓸 때는 항상 투구를 쓰고 있었다. 그
런 의미로는 신선한 기분이구나 생각하면서 실험을 재개했다.

"다음은【점프 강화】."

시력을 강화하고 거기에 과거의 스킬을 하나 더 운송했다.

그러자, 발바닥에 푹신푹신한 힘이 깃들어서 몸이 대번에 가벼
워졌다. 그 상태로 가볍게 발끝에 힘을 주고 도약했다.

"핫, 음. 점프력이 올랐군."

1층의 천장이 없는 곳에서 뛰어오른 몸은, 2층 천장 가까이까
지 올라갔다.

"와, 예비 동작도 없이 그렇게 높이 뛸 수 있다니. 주인, 옛날보
다 점프력이 올라간 거 같지 않아?"

"잘 모르겠어. 오랜만에 뛴 거라 어떤 느낌인지 잘 모르겠군.
그리고 투구가 엄청 무거웠을 가능성도 있고. ──뭐, 다음 스킬
로 넘어갈까."

나는 발끝으로 계속 점프하면서 스킬을 하나 더 운송해보았다.

"【청력 강화】."

이것도 용기사 패시브 스킬이다.

집 안에서 안전하게 사용할 수 있어서 골라 봤는데,

"어때, 주인?"

1층에서 조용히 말한 바젤리아의 목소리가 천장 근처에 갔을
때도 확실하게 들렸다.

그리고 의외로 별의 도시에서 나는 웅성거리는 소리도 한번에 들려왔다.

"음. 이상 없이 작동해, 대신 시력 강화는 없어졌군."

바닥을 보니 방금까지 보이던 걸레질한 흔적이 보이지 않게 되었다.

청력 강화를 사용하기 위해 시력 강화가 사라진 모양이다.

……우선, 이때까지 한 실험으로 자세한 조건은 거의 알아냈다.

과거 운송은 운송주머니 안에 공간이 있을 때만 사용할 수 있다. 그 대신 과거의 스킬은 2개까지 꺼낼 수 있었다. 거기에 세 번째의 스킬은 임의의 스킬 위에 덧씌워진다는 기능이 붙어 있었다.

아까도 시력 강화 대신 청력 강화를 떠올리고 있었더니 그렇게 되었고.

"운반꾼 일을 하면서 용기사 스킬을 사용할 때는 한 가지만 사용할 수 있으니까 상황에 맞춰 바꾸는 느낌이 되겠군. 바꾸는 순서는 생각해 뒤야겠지만."

"그렇네~. 거기에 내가 보기엔 주인의 스킬 효과 강해진 것 같고."

바젤리아의 말에 나는 눈을 감으면서 고개를 갸웃거렸다.

"능력이……. 어떻게 된 건지 모르겠군. 스킬이 강해진 것 같진 않은데."

단지, 효과가 좋아진 것 같은 느낌은 있었다.

머리가 시원한 상태에서 사용해서 들어오는 정보량이 늘어난 것 같기도 하다.

결국, 그 말은 내 움직임을 이상하게 방해하던 그 투구를 쓰고 있지 않아서 그렇다는 가능성이 크다는 의미다.

"그 용기사 왕의 투구, 꽤 강한 방어력을 뽐내고 있었는데 설마 스킬의 힘을 저하시키는 특수효과가 있다던가 하진 않겠지?"

"아, 아하하…… 설마……."

"그렇지? 그렇지는 않겠지?"

정말 그렇다고 한다면, 정말 긴 시간 동안 투구의 저주를 받은 셈이다. 생각만 해도 무척 슬픈 이야기였다.

"──……오……오……."

그때 목소리인지 뭔지 애매한 소리가 집 밖에서 들려왔다.

"응? 방금 이상한 목소리 안 들렸어? 신음 같이 들렸는데."

"엥? 그래? 난 아무것도 안 들렸는데……."

바젤리아에게 물어봐도 고개를 갸웃거릴 뿐이었다.

"설마 청력 강화 덕분에 보통은 들을 수 없었던 소리까지 들렸나 봐. 마수 중에는 사람은 들을 수 없는 소리를 내는 것들도 있다고 들었는데."

"아~ 용의 언어 같은 것도 그래. 용의 모습을 하고 있을 때 용언(龍言)으로 내 이름을 말하면 초음파의 영역이라 사람들은 들을 수 없다고 하니까."

"그렇군…… 투구를 썼을 때는 이런 소리를 들은 기억은 없는데."

"주인, 정말 그 투구한테 저주받은 거 아니야? 아니, 그 덕분에

197

주인이랑 만났으니까 나쁘게 말하고 싶진 않지만."

"나도 귀중한 경험을 하게 해 줬으니까 존재를 부정하거나 하진 않겠지만⋯⋯."

이렇게 우수한 패시브 스킬의 효과를 실감할 수 있는 것도 그 투구를 써서 용기사로서 활동해서 가능했던 거니까. 게다가, 지금은 벗었으니 문제없다. 그렇게 생각하자.

"뭐, 꽤 알아낸 것도 많으니 오늘은 조금만 더 실험하고 잘까."

"응! 나도 끝까지 도와줄게, 주인!"

그렇게 우리는 운송주머니의 기능을 확인한 뒤, 다음부턴 이 과거 운송도 도움이 될지 모른다, 생각하면서 잠들었다.

다음 날 아침. 우리는 일찍 일어나서 거리로 나갔다.

"일어날 때부터 느꼈는데, 도시가 시끄럽네?"

"그렇네. 다들 왠지 도망치려는 것 같아."

평소와 다른 분위기가 퍼져 있었다.

아니, 무장한 사람들이 늘어났다.

"어디서 토벌 의뢰라도 나왔나?"

"아마 그런 거 같군. 마왕이랑 싸웠을 때도 전장 근처에서는 이런 분위기였으니."

이 도시 가까이에 무언가 불씨가 날아왔을지도 모르겠구나 생각하면서 사지타리우스로 향했다.

평소처럼 길드 하우스 문을 열자,

"어라, 도르트 아저씨?"

방 중앙에 있는 테이블에 도르트가 있었다.

인사했더니 손을 흔들면서 맞아주었다.

"오오, 오랜만이네 악셀 군. 그리고 좋은 타이밍에 왔군."

"좋은 타이밍이라니 무슨 말이지?"

내 의문에 대답한 것은 카우프만의 반대편에 앉아 있던 마리온이었다.

"지금 카우프만 씨한테서 의뢰를 받았어. 악셀 씨의 운송 직업 최종 연수에 딱 맞을 것 같아서, 최상급 클래스 난이도 의뢰야."

최종 연수라는 단어에 나는 또 고개를 갸웃거렸다.

"그 말은 이번 일을 끝내면 운송 직업으로서 능력을 인정받을 수 있다는 건가?"

그 물음에 마리온이 고개를 끄덕였다.

"응, 그리고 이번 일까지 해내면 운송 직업이 하는 기본적인 일은 거의 전부 경험하는 셈이니까. 일류 운송업자로서 세계를 건너갈 수 있을 것 같아."

"……내가 소개한 지 보름 정도밖에 지나지 않았는데 거의 모은 일을 망라하다니 다시 들어도 경이적인 속도로 일을 하고 있군, 악셀 군."

도르트는 이마에 식은땀을 흘리면서 그렇게 말했지만 내가 보기에는 빨리 일을 배워서 운반꾼 일을 몸에 배게 하고 싶은 마음

뿐이었다.

"그렇지만, 바로 얼마 전에 중급 정도의 일을 처리한 참인데, 더 높은 일을 받아도 괜찮아? 최상급이라니 듣기만 해도 엄청나 보이는데? 아니, 최대한 빨리 여러 가지 일을 경험할 수 있는 건 고맙지만."

운반꾼으로서 전문적인 기술이 필요하다던가 하는 의뢰라면 성공할 수 있을지 어떨지 확신할 수 없다.

"괜찮아. 운송 의뢰의 난이도는 목적지의 위험성—— 결국 전투능력이 얼마나 필요한지에 따라 오르니까. 악셀 씨의 전투 능력을 생각하면 문제없어. 게다가…… 이 최고 난도 의뢰는 카우프만 씨가 준비한 의뢰니까 믿을 수 있고."

그렇게 말하고 마리온은 테이블 위에 놓여 있던 의뢰서를 가리켰다. 의뢰서에는 『원시생림에 나타난 거대 마수 토벌을 위해 전투 직업 정예 부대를 서포트 하는 일』이라고 쓰여 있었다.

"거대마수가 나왔다니…… 소란스러웠던 이유가 이거였군."

"그래. 뭐, 별의 도시는 몇 번이나 대응해 왔지. 이미 정예들을 모았고 토벌하는 일만 남았네만, 혹시 모르니 전투보좌 역할로 넣고 싶어서 의뢰한 거라네."

확실히 집단 전투를 서포트 하는 건 그리 드문 일이 아니다. 서포트 하는 데 운송 직업인 사람을 고용하는 것도 자주 듣는 이야기다.

"그럼, 이게 마지막 연수가 되겠구나."

"그렇지. 전투 중에 포션을 꺼낸다든가 무기를 꺼내준다든가 하는 일이야. 전투 직업과 호흡을 맞춰 가며 일하는 게 힘들다는 게 난점이지만. 그래도 이번에는 협력할 대상이 꽤나 우수하다고?"

마리온은 이야기하면서 의뢰서를 가리켰다.

거기에는 이번 토벌대 멤버들의 직업이 적혀있었다.

"마수 토벌대 전원이 전투계 상급 직업인가."

"그렇다네. 거기에 멤버들은 마왕 전쟁부터 싸워 온 역전의 정예들일세. 거대 마수 한두 마리 정도는 간단하게 물리친 경력도 있지. 보통은 서포트 인원을 지키면서 토벌을 진행하니까 그렇게까지 걱정할 필요는 없다네. 그래도 물론 어느 정도의 지력이나 체력은 필요하네만…… 악셀 군이라면 괜찮을 것 같아서 말이지."

도르트의 말에 마리온도 고개를 끄덕였다.

"원시생림이라는 장소가 장소라 제시된 난이도·위험도는 엄청 높지만 멤버들이 정예니까 최상급 클래스 의뢰 치고는 정말 하기 쉬운 편이야. 거기다 악셀 씨한테도 전투 능력이 있고 최상급 난도 첫 의뢰로는 가장 좋을 것 같아서 아침부터 카우프만 씨랑 이야기하고 있었어."

그렇군. 결국 이번 의뢰는 꽤 좋은 조건으로 최고 난이도인 일을 경험할 수 있다는 건가.

"뭐, 비교적 안전한 레벨이라고 긴장을 풀면 안 되겠지만, 모르는 사람이 한 의뢰로 최고 클래스 의뢰를 하는 것보단 편할 거야.

……어때, 악셀 씨? 이 의뢰 받아볼래?"

마리온의 물음에 나는 눈을 감고 생각했다.

최상급 클래스 난이도인데 편하다고 하기에 어느 정도인가 하고 생각했지만 조건은 파격적이다.

그런 의뢰가 존재한다고 하면 행운이 아니겠는가.

……그렇지. 내가 이 사지타리우스에 온 건 운반꾼이 하는 일들에 뭐가 있는지 배우기 위해서니까.

운반꾼 일을 해치우면서 편한 여행을 하기 위해 먼저 경험을 쌓으러 왔다.

편한 조건으로 일 감각을 배울 수 있다면 더할 나위 없다.

어려운 사안을 좋은 조건으로 할 수 있는 기회는 얻기 힘들고 거절하는 것은 아깝다. 결론은 이미 나와 있다.

"……응, 그렇네. 그럼 꼭 그 의뢰를 하게 해 줘."

내 결단에 마리온과 도르트는 기쁜 표정을 지었다.

"그래, 알았어. 카우프만 씨도 OK지?"

"물론이지! 의뢰를 받아줘서 고맙네, 악셀 군."

그렇게 말하면서 도르트는 일어나서 손을 내밀었다.

나는 그 손을 꼭 잡고 계약이 성립했다는 뜻으로 악수를 했다.

"나야말로 신경 써줘서 고마워. 이런 연수 기회를 얻은 것도 사지타리우스 길드와 도르트 아저씨 덕분이야. 지원받길 잘했어."

내가 그렇게 감사를 표하자 마리온과 도르트는 한순간 놀란 듯한 얼굴을 하고 나서 작게 미소지었다.

"후후, 악셀 씨의 힘이 됐다고 말해주니 고맙네."

"그래, 이걸로 나도 조금은 은혜를 갚은 것 같군. ……그런데 악셀 군, 바젤리아 군, 출발 준비는 끝났나?"

도르트의 질문에 나와 바젤리아는 얼굴을 마주 본 뒤 고개를 끄덕였다.

"그래, 문제없다. 언제든지 출발할 수 있어."

"나도 괜찮아——."

"좋아, 그럼 출발하시게. 원시생림에서 제일 가까운 서남문에 부대와 물자를 집결시켜놨다네. 가볍게 인사한 뒤 원시생림으로 가 주게."

"응, 알았어."

그리고 도르트와 함께 사지타리우스 건물을 뒤로했다. 뒤에서 마리온의 목소리가 들렸다.

"그럼 잘 다녀와, 악셀 씨. 이게 한 사람의 어엿한 운반꾼으로서 운송할 수 있을지 보는 졸업연수 같은 거니까, ——열심히 해."

"그래. 좋은 기회를 얻었으니 어엿한 운반꾼이 되기 위해 경험을 쌓고 올게."

그녀의 응원에 손을 흔들어주면서 나는 비교적 쉬운 최고 난이도 의뢰를 적당한 긴장감과 함께 시작했다.

나와 바젤리아가 도르트와 함께 서남문으로 가자, 포션 등의 물자가 들어있는 나무 상자와 무기가 산처럼 쌓여 있었다.

"저걸 운송 주머니에 넣고 순차적으로 가면 되지?"

"그래. 의뢰서 두 번째 장에 적혀 있는 물자 리스트대로 음료부터 무기까지 잔뜩 준비했다네. 필요하면 자네가 판단해서 건네주게나."

"OK. 알았어."

"부족한 건 없나?"

나는 의뢰서를 넘겨서 뒷장을 봤다.

사지타리우스를 출발하기 전에도 물자를 상세하게 확인했지만 다시 한번 확인했다.

"체력·마력 포션도 있고 무기나 음료 양도 문제없을 것 같아."

"그래. 다행이군. 그럼 이대로 가세. ……이미 저쪽에 이번 파티 멤버도 있으니."

산처럼 쌓인 물자 옆에 다섯 명의 남녀가 서 있었다.

"아, 서브 마스터. 기다리고 있었다고!"

그 중에서도 특히 체격이 좋고 젊은 대머리 사내가 손을 흔들었다.

상처투성이인 갑옷을 입고 대검을 등에 매고 있었다.

"저들은 마수 토벌부대로 활동하고 있는 자들이라네. 파티 이름은『스타라이트』. 우리 직원 중에서도 특히 뛰어난 멤버들일세."

"설명 고마워, 서브 마스터. 『스타라이트』의 리터 지크다. 《대검 전사》로 활동하고 있지. 이 머리를 보고 기억해 줘."

지크라는 대머리 남자는 태양 빛으로 반짝이는 머리를 보여주면서 씩 웃었다.

"그리고 이 쪽이 스타라이트 동료들이다. 나처럼 빛나지는 않지만, 각각 직업도 장비도 다르니까 기억하기 쉬울 거야."

순서대로 《상급 마녀》나 《상위 함정 설치가》등 멤버들을 소개받았다.

"나는 《운반꾼》 악셀이야. 그리고 이쪽은 파트너 바젤리아."

"잘 부탁해──."

"그래, 이야기는 서브마스터한테서 들었어. 잘 부탁해, 하늘을 나는 운반꾼 악셀 씨."

우리한테 인사할 때까지 웃으면서 대응하고 있던 지크는 내가 들고 있던 운송주머니를 보더니 조금 복잡한 표정을 지었다.

"……그 주머니를 보니 정말 《운반꾼》인가 보네, 악셀 씨."

"그런데? 그게 이상해?"

"아니, 난 당신들이 하늘을 날듯이 이동하는 걸 본 적이 있어. 전투 능력도 서브 마스터한테서 들었고. 근데 놓고 보면 초급 직업인건 아무리 그래도 이상하잖아? 사실 상급 운송 직업이 아닌가 생각하고 있었거든."

"공교롭게도 진짜 초급 직업 운반꾼이야. 역시 운반꾼이 온 게 불안해?"

물어봤더니 지크는 곧바로 고개를 저었다.

"아니, 그건 아냐. 우리는 서브 마스터의 안목을 믿고 있고, 무엇보다 당신 움직임을 내가 본 적도 있으니까 믿을 수 있어. 이 도시에 살고 있는 사람이라면 그 속도를 모를 리가 없지."

아무래도 그럭저럭 좋은 평가를 받고 있는 모양이다.

연수 대신이라고는 해도 착실히 의뢰를 처리한 보람이 있군.

"고마워. 다만 이런 일은 처음이라서 말이지, 여차하면 의지할 테니 미안하지만 잘 부탁해."

"미안하다고 생각할 필요 없어. 신인 서포터와 의뢰를 처리한 것도 한두 번이 아니고. ——그렇지 얘들아?"

지크가 돌아보면서 스타라이트 멤버들한테 말했다.

그러자 주위에 있던 멤버들이 고개를 끄덕이고 나에게 말했다.

"물론이지! 걱정할 거 없어. 이런 일은 처음이라고 했지만 우리가 확실하게 지켜줄 테니 안심해."

"아무렴! 우리도 방심하진 않겠지만, 안심하라고. 운반꾼 나리."

"우리 도구나 포션 장비를 보충은 악셀 씨한테 맡길 테니까, 어느 정도 빠르게만 움직여 줘."

스타라이트 멤버들은 한쪽에 놓여 있던 물자를 보면서 그렇게 말했다.

……음, 왠지 기분 좋은 사람들이구나.

표정도 목소리도 밝고 정말 싹싹하게 접해준다.

좋은 분위기의 파티다.

"알았어 지크. 최선을 다할게."

"그래!"

그리고 나는 스타라이트 길드원들과 단단히 악수했다.

이건 확실히 일하기 편한 것 같군.

그렇게 생각하면서 우리는 도시를 나섰다.

원시생림까지 이어지는 흙길을 나와 바젤리아는 스타라이트 멤버들을 따라 걷고 있었다.

그다지 인적이 없는 곳이라 곧장 숨어있던 고블린이나 슬라임 같은 마수들이 튀어나왔다.

"이런데서 시간 잡아먹는 것도 아깝고, 첫 전투니 빠르게 가볼까."

스타라이트 멤버들은 가볍게 처리하였다.

마수를 쓰러트리고 나서 떨어지는 마석 등의 소재를 줍는 것은 서포터 역할이니까 거의 정기적으로 주워야 하지만 어디까지나 걸음이 멈추지 않을 속도는 유지해야만 한다.

계속 원시생림을 향해 나아가던 와중에 마수들도 거의 다 정리해서 심심해졌는지 지크가 말을 걸었다.

"어때 악셀 씨? 지금까지 할 일이 없어서 지루하지 않아? 불만은 없나?"

농담하듯이 말을 걸어오자 나는 쓴웃음 지으면서 말했다.

"할 일이 없는 건 소모도 적다는 이야기니 좋은 게 아니겠어? 나는 오히려 동료가 강해서 다행이라 생각하는데."

"하하, 그렇게 말해주니 고맙군. 그래도 우린 아직 멀었어, 악셀 씨. 기는 놈 위에 나는 놈이 잔뜩 있으니까."

그런 지크의 말에 주위 멤버들도 한 마디씩 거들었다.

"그렇죠. 마왕 대전에 참전했을 때라든가 터무니없이 강한 사람들이 잔뜩 있어서 깜짝 놀랐으니까요."

"일개 파티로 참전한 거지만 정말 대단한 전쟁이었지."

"그러고 보니 도르트 아저씨한테서 들었는데 스타라이트 멤버들은 마왕 대전에 참가했었다며? 전선에 나갔었어?"

물어보자 스타라이트 멤버들은 고개를 흔들었다.

단지, 그 표정에는 그리운 웃음을 짓고 있었다.

"참전했다고는 해도 우리는 최전선은 아니었어요. 그래도 여러 종류의 괴물들을 봤죠. 그리고 그 괴물들을 쓰러트린 용사도."

"그래, 용사들은 대단했지. 적을 베고, 찢고, 날려버리고. 아직도 떠올릴 때마다 몸이 떨리는 기억이야. 내 목표가 되었을 정도니까."

"리더는 용사들을 동경해서 갑자기 검이나 창을 들기 시작했을 정도니까요. 원래는 대검 한 자루뿐이었는데."

"돼, 됐어 그 이야기는. 그런 무기도 사용해보고 싶었을 뿐이니까."

부끄러워 하면서도 지크는 허리에 달려 있던 장검을 뽑아서 가까이 다가온 고블린을 베었다.

군더더기가 없는 움직임이었다. 익숙하다는 증거다.

"요즘엔 꽤 익숙해지셨네요, 그 검."

"뭐 그렇지. 그렇게 말해도 대형 마수를 상대할 때도 사용할 수 있을 정도는 아니지만. 어디까지나 나름대로 사용할 수 있을 정도야── 음, 적당히 움직였더니 배가 고파졌군. 악셀 씨, 가볍게 먹을 만한 음식 있어?"

지크는 검에 묻은 피를 털어내고 검집에 넣으면서 말했다.

이러니저러니 해도 꽤 오래 걸어왔다. 배도 고프겠지.

"그래, 물자 중에 있겠지. ……자."

그래서 운송 주머니 안에서 종이봉투를 꺼냈다.

『미티아』의 도장이 찍힌 물건이다. 안에는 녹색 채소와 고기를 넣은 빵이 들어있다.

"미티아에서 파는 샌드위치인가. 고마워. 약초도 들어있으니까, 몸도 치유되겠네."

"오, 맛있어 보이네요. 저한테도 주세요."

"아, 나도!"

"알았어. 그럼, 계속 꺼낼 테니까 받아."

멤버들은 걸으면서 받은 샌드위치를 먹었다. 나와 바젤리아도 같이 먹었다.

작은 빵이라 몇 입 먹으면 사라질 정도의 크기였지만 재료가 알차서 간단한 식사치곤 꽤 만족스러웠다.

"……그러고 보니 우리, 미티아에 있던 고룡의 비늘이 떨어진 이유를 조사했는데 결국 어떻게 된 건지 알아내진 못했네."

똑같이 샌드위치를 다 먹은 지크가 그렇게 말하기 시작했다.

"응? 너희들 그런 것도 조사했어?"

"뭐, 마왕 대전에도 조금이나마 참여했던 몸이니까. 그 대전이 끝난 직후에 떨어진 거니 간단한 조사만 해 줘도 괜찮다고 해서 받아들였지."

"그런데, 고룡이 별의 도시에 온 적 없다는 것밖에 알아내지 못 했죠. 고룡을 목격한 사람도 없었고."

상위 함정 설치가가 예전 일을 떠올리듯 한 말에 지크가 맞장 구쳤다.

"그렇지. 그래서 결국엔 전쟁도 다 끝났고. 하늘 위로 날아가던 빈사 상태의 고룡이 날아가다가 떨어트렸을지도 모른다는 걸로 결론을 냈어. 고룡은 빈사상태가 되면 비늘을 떨어트리니까."

고룡은 몸에 상처를 입으면 몸을 가볍게 해서 사용하는 에너지 를 줄이기 위해 자신의 비늘을 떨어트리는 습성이 있다. 그러니 까 그들의 추론은 그렇게 틀린 것도 아니겠지만…….

"용의 습성을 알고 있다는 건, 용과 싸워 봤다는 말인가?"

"뭐 그렇지. 전선에 나갔으니까. ……단지, 착각하지 않았으면 좋겠는데 고룡이랑은 싸운 적 없다고? 고룡은 진짜 괴물이니까. 만나면 어떻게든 도망갈 수밖에 없어."

"숫자는 많지 않았지만요. 전장에서 한번 봤는데, 진짜 지릴 뻔 했어요."

"게다가 리더는 평소와 다르게 머리에서 땀을 뿜어내서, 평소 보다 빛났던 기억이 나네."

《상급 마녀》가 그립다는 듯이 말하자 지크는 머리를 닦고 입을 삐죽 내밀었다.

"어쩔 수 없잖아. 용은 위험하니까. 비늘을 벗겨낸다 해도 마력이 있는 것을 먹고 비늘을 만들어내잖아. 방어는 단단하고 회복력도 장난 아니고. 고룡 레벨이면 상급 마법 이외에는 전부 튕겨내니까 그야 초조할 수밖에."

"그건 그래. 도망치는 선택밖에 떠오르지 않았으니까. 지금이라면 조금은 통할지도 모르겠지만── 뭐, 그걸 시험해보기 전에 상대할 분들이 왔네."

상급 마녀는 자신의 지팡이를 뽑았다.

그녀뿐 아니라 다른 스타라이트 멤버 전원이 진지한 표정을 지었다.

그런 그들의 시선 끝에는 적의를 향하는 마수들이 있었다.

그레이 워 울프다. 숫자는 여덟 마리.

우리의 눈앞을 막듯이 서 있었다.

"원시생림도 가까워졌으니 슬슬 나올 거라고 생각했는데. 꽤 희귀한 녀석들이 나왔군."

"어라? 이 녀석들 전에도 본 적 있는데. 희귀한 마수야?"

내가 물어보자 지크는 그레이 워 울프에게서 눈을 떼지 않은 채로 끄덕였다.

"보통은 원시생림 안쪽에 사는데 거대 마수가 나타난 탓에 이렇게 꽤 큰 마수들도 도시 쪽으로 쫓겨난 것 같군. 그래서 먹이를 구하려고 사람을 노리려는 속셈이지만, 도시는 방비가 완벽하다는 걸 이 녀석들도 알고 있지. 그러니까 이 주변을 어슬렁거리면서 도시 방어망을 벗어나는 사람들을 사냥하려고 생각했을 거야."

지크는 중얼거리면서 허리춤에서 장검을 뽑아들었다.

"뭐, 우리한테는 쉬운 상대지만…… 긴장을 늦출 생각은 없어. 악셀 씨랑 바젤리아 씨는 뒤에서 서포트를 해 줘. 그럼…… 얘들아, 준비됐냐?"

"오오!"

지크의 외침에 멤버들은 일제히 소리높여 대답했다. 그리고,

"간다!"

원시생림으로 향하는 길에서 싸움을 시작했다.

싸움은 불과 몇 분 만에 끝났다.

스타라이트의 《상급 마녀》가 첫수로 한 번에 마법을 연발해서 마수 무리가 반은 무너졌기 때문이다.

거기다 마법이 계속 날아가서 태세가 무너진 마수들을 다른 멤버들이 각개격파했다.

"스타라이트 멤버들, 꽤 강하네."

"음, 역시 숙련 전투 직업이군."

단지, 역시 전투에 대가가 없었던 건 아니다.

마법을 연발한 《상급 마녀》가 미세하게 어깨를 들썩이며 숨을 몰아쉬고 있었다. 마력을 꽤나 소모한 탓이다.

"자, 마력 포션이야. 사용해."

"응? 아, 고마워. 마침 딱 필요하던 거야."

상급 마녀는 한순간 놀랐다는 듯이 나를 쳐다보고는 포션을 전부 마셨다.

이걸로 그녀의 마력은 전부 회복했을 것이다.

"후우…… 그런데 어떻게 내가 마력을 소모한 걸 어떻게 알았어? 확실히 삼 할 정도는 사용했지만, 【소비율 은폐】스킬이 있으니까 다른 사람한테는 얼마나 소모했는지는 보이지 않을 텐데?"

"마법을 잔뜩 사용하고 숨을 몰아쉬고 있었잖아. 보이는 대로 대응 했지."

"으응? 난 마력을 감추기 위해 반 이상 남아 있을 때는 티가 나지 않도록 훈련했는데? 지금도 그렇게 하고 있고…… 어째서?"

고개를 갸웃거리고 있었지만 상태는 괜찮은 것 같고 뭐, 내버려 둬도 괜찮겠지.

남은 적은 이제 얼마 되지 않는다.

……서포트 역할이라면 지금은 교전중인 멤버를 보고 있어야겠지.

그래서 눈에 들어온 것은 지크다.

어김없이 허리에 달고 있던 장검을 사용하고 있었다.

……어이쿠. 이가 빠질 것 같군.

도신이 조금 일그러져 있었다.

그래서 나는 운송주머니에서 한 자루의 장검을 꺼내면서 지크에게 달려갔다.

"바꿀 무기야. 받아."

손잡이 쪽을 지크에게 내밀었다.

"갑자기, 무슨 소리야?"

지크는 눈살을 찌푸리면서도 기세 좋게 내가 내민 검을 한 손으로 잡고, 반대 손으로는 지금까지 들고 있던 무기로 그레이 워울프의 공격을 쳐냈다.

캉——.

그 순간 지금까지 사용하던 장검이 한계를 맞이했다.

검 중앙에 커다란 금이 가더니 날이 톡 부러졌다.

"——우왓?! 위, 위험했다. 갑자기 부러지다니?!"

그렇게 말하면서 지크는 새 검으로 그레이 워 울프를 둘로 갈랐다.

놀란 상태로도 전투할 수 있는 걸 보면 역시 전투에 익숙한 모양이다.

"고마워, 악셀 씨……. 그런데, 검이 부러질 줄은 어떻게 알았어?"

"아니, 보면 조금 일그러진 게 보이잖아?"

"……쓰고 있던 나도 못 알아볼 정도로 살짝 일그러져 있었는데 그걸 알아챘다고……?!"

지크는 눈을 크게 떴지만, 우선은 새 무기를 쥐었으니 이걸로 지크도 괜찮다.

　"《상위 함정 설치가》의 봉도 닳았군. 이봐──! 살살 던질 테니까 받아!"

　"에, 에엥?! 아, 알겠습니다?!"

　그렇게 서포트하면서 전투하길 수 분.

　마수들은 눈 깜짝할 새에 처리됐다.

　"이제 마석을 주우면 끝이군."

　나는 마수들의 뼈를 무시하고 바닥에 떨어진 마석을 주우면서 스스로의 직업에 대해 생각하고 있었다.

　……처음으로 전투 서포트를 했지만 어땠을까.

　다들 놀라게 해버렸으니 썩 잘한 건 아닐지도 모른다.

　그 때는 그대로 교훈을 삼으면 될 뿐이다. 우선 멤버들에게 감상을 들어보기 위해 초원에 앉아 숨을 돌리고 있던 스타라이트에게 다가갔다.

　"저기, 악셀 씨? 전투 서포트는 처음이라고 하지 않았어?"

　지크가 입을 열자마자 그렇게 말했다.

　"그랬지. ……역시, 별로였어?"

　처음 하는 일이라 감으로 했으니까, 잘 못했겠지.

　문제점을 듣고 고쳐야겠다, 생각하고 있자니.

"아니, 그게 아니라, 반대라고. 악셀 씨 굉장히 잘 해줬어. 아니…… 지금까지 여러 사람에게 서포트를 받아봤지만 그중에서 제일 편했던 것 같아."

그런 대답이 돌아왔다.

"음? 정말이야? 괜찮았어?"

"괜찮고 자시고 진짜 고마웠어. 그렇지 다들?"

"그래요. 무기를 잡기 편하게 던져서 건네준다든가 평범한 서포터가 할 수 있는 일이 아니고 애초에 가능하지도 않지만 악셀 씨는 할 수 있나 보네요. 덕분에 체력도 전혀 소모하지 않았어요."

예상 이상으로 호평이었다.

처음 하는 일인데 이렇게 고평가를 받을 수 있을 거라고는 생각지도 못했다.

"저기, 악셀 씨. 서브 마스터가 서포터는 처음이라고 가르쳐 줬는데, 내가 보기엔 꽤 익숙해진 움직임이었다고. 전직하기 전에도 이런 일 했었어?"

지크가 진지한 표정으로 나에게 물어봤다.

나는 잠시 과거를 떠올렸다.

그러자 한가지 떠오르는 게 있었다.

"아…… 잠깐 여러 사람을 돌봐 준 적이 있던가."

용기사 시절에는 저돌적인 용사들을 도와준 적이 있었다.

지금은 내 옆에서 싱글벙글하면서 마석을 줍고 있는 저돌적인 용왕도 보살폈던 기억이 있다.

대개 아무것도 말하지 않고 적진에 돌격하는 놈들도 있었으니까. 그 녀석들을 상대로 무엇이 필요한지 헤아리던 경험이 조금 도움이 된 듯하다.

"사람들 뒤치다꺼리를 해 본 것만으로 이 정도인가. 대단하구만. 운반꾼으로는 처음 해보는 서포트라고 했으니, 앞으로 어떻게 성장할지 무섭네. 멋진 서포트였어, 악셀 씨."

그렇게 말하고 지크는 이를 보이면서 웃었다.

"악셀 씨가 해주는 서포트를 맛보고 나서 내 눈도 서브마스터 눈도 아직 흐려지지 않았다는 걸 확신했어! 이대로 잘 부탁해."

"알았어, 열심히 할게."

그렇게 해서 빠르게 나아간 결과, 우리는 예상한 시각보다 빨리 원시 생림에 도착했다.

원시생림 안으로 조금 나아간 곳에서 우리는 거대 마수의 흔적을 찾을 수 있었다.

지름만 몇 미터는 있을 나무가 꺾여 있었다.

"자아, 이번 사냥감은 이 흔적을 따라가면 찾을 수 있을…… 저기 있군."

눈앞에 있는 거대 마수는 몸과 머리가 멧돼지와 비슷하게 생긴 모습을 하고 있었다. 특이한 점이 있다면 땅에 두 발로 서있다는 점일까.

의뢰서에도 정보가 적혀 있었다.

"저게 거대화했다는 기간트롤인가."

"그런 것 같네. ……들은 대로 평범한 기간트롤의 두 배는 되어 보이는군."

키는 4미터에 육박했으며 덩치도 불어나 있었다.

한 손에는 꺾어든 나무가 곤봉 대신 들려 있었다.

"……어라? 반대쪽 팔에 피가 묻어 있는데?"

팔 한쪽에서 피가 뚝뚝 떨어지고 있었다. 피부가 찢어진 모양이다.

기간트롤의 피부는 꽤 단단하다. 나무를 쓰러트리는 정도로는 상처가 생길 리 없다.

"의뢰서에는 총 3마리가 있다고 했으니 서로 싸웠는지도 모르지. 녀석들의 파워라면 피부도 찢을 수 있고 주먹에 마력을 담아서 때리는 것도 잘하니까. 기간트롤의 피부는 물리내성은 있어도 마력에는 중급 마법으로도 뚫을 수 있을 만큼 약하고."

지크는 웃으며 말하고는 곧장 호흡을 가다듬었다.

"……뭐, 싸웠다는 말은 성질이 사납다는 말이기도 하지."

그러고는 등 뒤에 매고 있던 대검을 쑥 빼서 자세를 잡았다. 그리고 나에게 작게 말했다.

"지금부터 녀석을 기습할거야. 성공하면 한순간에 끝날 테지만 혹시 오래 끌게 되면 악셀 씨는 서포트를 해 줘. 그리고, 가능한 한 접근하지 마. 녀석의 힘은 강력하니까…… 손이 비면 가져온 물자 중에 무기를 던져서 도와주는 정도만 해 줘도 돼.”

아무래도 나를 걱정해준 모양이다. 고맙다고 생각하면서 나는 고개를 끄덕였다.

그것을 본 지크는 씩 웃고는 깊은숨을 토했다.

“후우…… 이번에는 녀석의 가슴에 있는 심장(코어)을 노릴 거야. 우리들 전위가 공격을 쳐낼 테니 뒤에서 마법으로 공격해 줘. 함정 설치가는 주위를 돌면서 도와주러 오는 마수가 없는지 확인해 줘.”

“알겠습니다.”

“거체 상대로 시간을 끄는 건 힘드니까 빨리 끝내자 얘들아.”

“――오오!”

지크는 단숨에 덤벼들었다.

그리고 스타라이트 멤버들도 지크의 말을 신호로 삼아서 재각각 달려나갔다.

“―――?!”

갑자기 나타난 스타라이트 멤버들을 보고 기간트롤은 놀란 표정을 지었으나, 이내 곧 적의를 드러내며 곤봉을 휘둘렀다.

거대한 나무가 마치 가벼운 나뭇가지라도 되는 양 거침없이 날아들었다.

"불안정한 자세로 날린 공격 따위가 통할까 보냐!"

제 힘을 다 내지 못한 공격이다.

지크는 다가오는 곤봉을 대검으로 쳐낸 뒤 자세를 되돌리면서 녀석의 배를 후려쳤다.

"크……!!"

강인한 피부는 대검으로도 벨 수 없지만 충격은 무시할 수 없다. 한층 더 자세가 무너지며 기간트롤의 가슴팍이 훤히 들어났다.

언제나 해오던 필승 패턴이다.

"자, 마법이 나설 때다!"

"알고 있어 리더. 상급 얼음 마법【아이시클 필러】……!"

상급 마녀가 지팡이를 휘두르자 거대한 얼음 말뚝이 나타나더니, 곧 바람을 가르며 기간트롤의 가슴께를 향해 곧장 날아갔다.

……이거라면 녀석도 버틸 수 없다!

지크는 지금까지 한 경험으로 확신에 가까운 마음을 가지고 얼음 말뚝을 쳐다봤다.

얼음 말뚝은 그대로 기간트롤의 가슴에 작렬.

——챙그랑!

꿰뚫지도 박히지도 않고 맥없이 부서졌다.

"뭣?!"

기간트롤의 몸이 약간 기울긴 했지만 아직 건재했다.

마법에 약한 기간트롤이 상급 마법을 맞았는데 어떻게 된 거지?!

지크는 녀석의 몸을 살피다가 이상한 것을 발견했다.

"이 녀석…… 가슴에 뭔가 붙여놨어!"

멧돼지와 비슷한 갈색 털 위에 반짝이는 검은 돌 같은 게 붙어 있었다.

지크도 알고 있는 물건이었다.

설마 고룡의 비늘인가……?!

미티아에서나 보던 그 비늘이 어째서인지 기간트롤의 가슴을 지키고 있었다.

무기를 들고 있으니까 방어구를 들고 있어도 이상하진 않지만.

"그런 위험한 비늘을 도대체 어디서 구한 거지, 이 녀석……."

지크가 이를 악물던 순간.

"그아아아아아아아!"

기간트롤이 몸을 일으키며 마녀를 향해 곤봉을 내던졌다.

곤봉이 무시무시한 속도로 날아 들었다.

"──윽!"

불안정한 자세로 내던졌기 때문에 마녀는 도망쳐서 직격을 피할 수 있었지만, 곧이어 일어난 엄청난 충격파에 견디지 못하고 튕겨 날아가 버렸다.

"이 자식……!"

곤봉을 던져 맨손이 된 기간트롤의 발에 지크가 대검을 내리쳤다.

대검은 단단한 피부에 튕겨 나왔지만, 충격을 완전히 흡수하지 못한 기간트롤의 자세가 다시 흐트러졌다.

"리더! 위험해!"

그러나 기간트롤은 대검을 개의치도 않고 지크를 향해 주먹을 휘둘렀다.

"위험해……!"

피할 틈이 없다. 해봐야 대검으로 막는 게 고작이다.

하지만 저 주먹에 직격했다가는 틀림없이 뼈가 부러질 것이다.

……젠장……돌발 사태에 너무 당황했군……!

상처는 포션으로 치료할 수 있겠지만 통증까지 해결하지는 못한다.

지크는 이를 악물고 각오를 굳혔다.

그 순간.

──타앙!

트롤의 가슴에 굉장한 기세로 금속 창이 박혔다.

"응?"

창은 충돌과 동시에 충격을 이기지 못하고 박살이 났다.

그러나 그 위력은 기간트롤의 가슴에 붙어 있던 비늘을 깨부수고 피부까지 찢어버리기에 충분했다.

충격을 견디지 못한 기간트롤이 중심을 잃고 뒤로 넘어가기 시작했다.

──찬스다.

눈앞에 찾아온 기회에 본능적으로 반응했다.

"지크, 마무리 부탁해!"

그리고 뒤에서 들려온 목소리에 떠밀리듯이 몸을 움직이기 시작했다.

"아, 알았어!!"

지크는 재빠르게 대검을 치켜들고 온몸의 체중을 실어서 가슴을 꿰뚫었다.

"구, 구가아아아······!"

코어가 박살난 기간트롤은 단말마를 남기며 완전히 움직임을 멈추었다.

"하아······ 하아······ 어떻게든 됐나."

쓰러진 기간트롤의 위에서 내려오면서 지크가 숨을 몰아쉬었다.

창이 날아온 방향을 보자, 악셀이 운송주머니를 든 채 창 몇 자루를 어깨에 지고 서 있었다.

"그 창······ 악셀 씨가 던진거야?"

"그래. 멀리서 지원해달라고 했잖아? 혹시 몰라서 창을 몇 개 더 꺼냈는데, 한 발로 뚫려서 다행이군."

지크의 물음에 악셀은 아무것도 아니라는 듯이 고개를 끄덕이면서 대답했다.

"그런데 주인의 투척으로도 뚫리지 않는다니 거대화한 기간트롤은 정말 단단하구나."

그리고 그 옆에 있는 바젤리아도 아무 일 없다는 표정으로 악셀과 이야기하고 있었다.

"그러게. 이상하게 던져서 그런지 창도 부서져 버렸고······. 지크, 서포트 괜찮았어?"

악셀이 진지한 표정으로 물었다.

"음? 아, 그래. 물론이야. 오히려 너무 잘해 준 정도라 엄청 도움이 됐어."

"그래? 그렇다면 다행이고. 그나저나 이 창으로 완전히 꿰뚫으려면 좀 더 회전을 줘서 던져야겠는데."

악셀은 그렇게 중얼거리면서 창을 운송주머니에 다시 넣었다.

그런 그를 보고 지크는 다시 주위 멤버들에게 물어봤다.

"이봐, 방금 창을 던진 거 정말 악셀 씨…… 맞지?"

"응, 맞아. 나도 이 눈으로 똑똑히 봤어."

"저도 봤어요. 갑자기 창을 꺼내들더니 굉장한 속도로 창을 던졌다고요."

스타라이트 멤버들로부터 차례대로 놀라움이 담긴 보고를 들었다.

그때서야 지크는 사태를 파악했다.

우리는 전투 직업이다.

그저 감일 뿐이지만, 어렴풋하게 느끼고 있던 것을 지크는 무심코 말했다.

"악셀 씨는 아마…… 아니, 확실히 우리보다 강한 것 같은데?"

지크의 말에 스타라이트의 다른 멤버들도 똑같이 고개를 끄덕였다. 아무래도 다들 같은 생각인가보다.

애초에 악셀이라는 남자가 보통 운반꾼이 아니라는 건 알고 있었다.

스테이터스가 높다는 것쯤이야 보면 안다.

하지만 능력치가 높다는 것만으로는 설명할 수 없는 이상한 존재를 보는 느낌이었다.

……옛날에 느껴본 적이 있는 분위기를 풍기고 있는 것 같다.

그런 생각을 하면서 악셀을 쳐다봤다. 그때였다.

"리, 리더!!"

상위 함정 설치가의 목소리가 울렸다.

그 목소리를 들은 순간 지크의 의식이 단숨에 정신을 차렸다.

"큰 소리 내지 마……! 아직 2마리 남아있다고……!"

주위를 경계하면서 목소리가 들려온 곳을 쳐다봤다.

그러자 상급 함정 설치가가 매우 초조해 하는 모습이 보였다.

"그, 그럴 때가 아니라고요! 빨리 이리 와 보세요!"

"응?"

지금까지 들어본 적 없을 만큼 당황한 목소리에 지크는 고개를 갸웃거렸다.

경계심이 강한 함정 설치가가 큰 소리를 내고 있다는 건 그만한 일이 있다는 이야기다.

그가 가리킨 곳은 원시생림의 안쪽이었다.

원시생림의 거대한 나무들이 어지럽게 쓰러져 있었다.

지크는 그 나무 틈에서 무언가를 발견했다.

"이건, ……기간트롤의 머리랑 뼈?"

커다란 입으로 몸통을 전부 뜯어먹힌 흔적이 남은 거대한 마수의 사체 둘이 굴러다니고 있었다.

제5장 ◆ 승리를 가져오는 자. 용을 뚫는 자

지크는 목 위와 뼈만 남은 기간트롤의 잔해를 살펴보고 있었다.

"저기, 리더. 이 녀석들이 우리가 잡아야 했던 사냥감 맞지?"

"그래. 크기를 보면 틀림없는데…… 완전히 뼈 채로 먹혔군. 게다가 싸운 흔적도 있어."

지크는 기간트롤의 잔해 주위를 둘러봤다. 지면은 파여 있었고 기간트롤이 사용했던 곤봉은 뜯어진 채 굴러다니고 있었다.

지크는 다시 기간트롤의 뼈를 슬쩍 쳐다봤다.

"마력의 근원인 심장부를 한입에 물려 뜯긴 모양이군. 작은 마수가 커다란 마수에게 먹혔을 때 이런 모습이 되는 걸 본 적이 있는데……. 이렇게 커다란 마수를 상대로 그런게 가능한 녀석이 원시생림에 있다는 이야기는 한 번도 들어본 적이 없어."

이 원시생림을 개척하기 위해 마수 연구소는 매년 수차례씩 조사를 하고 있다.

마수 연구소의 보고는 여러번 봤지만, 그런 거대한 녀석이 있다는 이야기는 이제껏 본적이 없다.

이 주변을 탐색해 본 결과, 여기저기에 검은 돌 같은 것이 떨어져 있다는 사실을 알 수 있었다.

우리도 잘 아는 물건이었다.

"고룡의 비늘…… 인가. 설마 원시생림에 있단 말인가……?"

이 모습을 보건데 마냥 불가능한 이야기는 아니었다.

대전쟁 이후 미티아에 비늘이 떨어졌을 때부터 쭉 지금까지 원시생림에 숨어있었을 가능성도 있다.

……거기다 마왕전쟁의 영향으로 마수 연구소의 정기 조사는 도시 재건에 밀려 요 몇 달간 뒷전이었다.

지크는 경계를 늦추지 않은 채로 언제든지 움직일 수 있도록 주위를 살폈다.

"리더. 이쪽에 위험한 게 있어요……! 고룡의 허물입니다……!"

"뭐라고……?!"

상위 함정 설치가가 또 당황한 목소리로 말했다. 그가 가리킨 곳으로 가자 거기에는 검은 비늘 덩어리가 있었다.

그것도 용의 손발과 같은 모양으로.

그 기간트롤보다도 두 배 정도 컸다. 이 허물의 의미를 지크는 알고 있었다. 아니, 지크뿐만이 아니다.

"이건, 용이 자신의 몸을 치료할 때 하는 탈피군."

옆에 있던 악셀도 허물을 보고 그렇게 중얼거렸다.

"……악셀 씨도 알고 있었군. 빈사상태가 된 용이 몸을 회복시킬 때 이런 잔해가 남는다는 걸."

하늘을 날 수 없을 정도로 상처를 입은 용은 땅으로 내려와서 그대로 움직이지 않고 주위의 마력을 먹으며 회복을 꾀하는 습성이 있다.

그리고 어느 정도 몸이 회복되면 비늘을 재생성하기 위해 한 번 낡은 몸에 달라붙어있던 비늘을 벗겨낸다.

그 결과 이런 허물이 남는 것이다.

"그런데, 이 용은 어중간하게 치료한 모양이군. 허물도 조금밖에 없고 이쪽은 피투성이야."

악셀이 허물 안에 핏덩이가 대량으로 남아있는 것을 지적했다.

"그……렇네. 악셀 씨 말대로. 완전히 치료했다면 깨끗하게 온몸의 허물이 남아있을 터. 그런데 이 녀석은 계속 피를 흘렸군."

그리고 비늘이 있는 허물에서 핏자국이 점점이 이어져서 나무가 쓰러져있는 지점이 끝나는 곳에서 끊어져 있었다.

"날아간 건가."

"그런 것 같네. 지크가 본 대로 날갯짓한 흔적도 보이고. 피가 마른 걸로 봐선 꽤 시간이 지난 것 같군."

이 용은 몸이 다 낫지 않은 채로 어디론가 날아간 것 갔다.

……하긴. 이렇게 큰놈이 주변에 숨어있다면 우리 스타라이트가 못보고 놓쳤을 리가 없다.

그때서야 지크는 살짝 한숨을 내쉬며 긴장을 풀었다. 그렇지만 곧바로 다른 생각이 머리를 스쳤다.

"잠깐? 이 녀석은 어중간하게 치료했으니까 아직 마력을 가지고 있는 생물을 더 잡아먹을 필요가 있지 않을까?"

고룡은 전투욕이 넘치는 맹수지만 머리가 나쁜 것은 아니다.

빈사상태로 몸을 움직일 수 없을 때는 어쩔 수 없겠지만, 거대한 마수를 잡아먹고 탈피할 정도로 회복한 지금이라면 몸을 치료하기 위해서 효율적인 행동을 할 터.

……원시생림에 사는 마수들을 조금씩 잡아먹는 것보다 좀 더 손쉽게 대량의 마나를 모으는 방법을 생각할 것이다.

불길한 예감이 들었다.

그렇다면 조건에 가장 적합한 곳은.

"리, 리더! 큰일이야!"

상급 마녀가 소리를 질렀다.

보니, 그녀는 창백한 얼굴로 입술을 떨면서 말했다.

"방금 서브마스터한테서 염화(念話)가 왔어! 별의 도시 상공에 용이 나타났다고……!"

아무래도 나쁜 예감에 적중한 것 같았다.

"──오오오오오오오오오!"

별의 도시 중앙. 너덜너덜한 회색 비늘을 두른 고룡이 으르렁거리는 모습을 마리온은 사지타리우스 앞에서 보고 있었다.

"설마, 이 도시에 고룡이 나타나다니."

"그래, 나도 깜짝 놀라서 간이 떨어질 뻔했군……."

핏기 없는 표정으로 무리하게 웃음을 짓는 그녀의 옆에는 도르트가 서 있었다.

그도 눈살을 찌푸린 채 도시의 건물을 닥치는 대로 부수며 마도구를 삼키는 용을 바라보고 있었다.

"카우프만 씨, 【염화】는?"

"물론. 여러 곳에 구호 신호와 지원군을 최대한 요청했다네. 피난 유도 쪽은 어떻게 되었나?"

"급한 대로 피난시키긴 했지만 미처 피하지 못한 사람도 있어서 말이지. 코하쿠는 사람들을 구조하러 갔어. 아직 전투 직업인 사람들이 버티고 있으니까."

용 주위를 수많은 사람이 둘러 싼 채 각자 용을 공격하고 있었다.

그러나 그 어떤 공격도 통하지 않았다.

비늘도 성치 않은 주제에 거의 모든 마법이나 무기를 튕겨내고 있었다.

"……지금부터 나도 도와주러 갈 건데, 저거 너무 강한 거 아냐?"

"아직 회복중이라고는 해도 고룡이니까. 전쟁의 후유증이 남아 있는지 움직임도 둔해진 것 같긴 하지만……."

"하하, 저게 둔해진 거라고? 재미없는 농담이네. 마법연구소 결계를 박살내고 상위 전투 직업들을 가볍게 다루며 잡아먹으려고 하는데."

다들 아직까지는 버텨주고 있다.

중상을 입어도 바로 회복시켜주는 서포터들이 있으니까 아직 사망자는 나오지 않았다. 그렇지만 당하고만 있는 건 변함없다.

"정말이지, 나도 최전선에 있었을 때 고룡을 봤지만 여전히 무서운 존재이군. 아직 도시에서 사망자가 나오지 않은 게 그나마 위안인가."

후우, 하고 호흡을 가다듬고 말하는 도르트 옆에서 마리온이 편지함의 내용물을 확인하고는 물었다.

"그래서, 증원은 언제쯤 와?"

"가까이 있는 용사나 영웅들이 오고 있을 테지만 시간이 걸릴 걸세. 그때까지는 우리끼리 어떻게든 해야 하겠지."

"그렇군. 이대로라면 도시가 남아나질 않을 거야. 어떻게든 쓰러트리던지 내쫓던지 해야겠네. ──용의 약점은 목에 있는 역린 이라고 하니 저 거체 사이로 빠져나가 노려보도록 할게."

마리온은 편지 상자에서 단검 한 자루를 꺼냈다.

신체강화와 경화 마법이 부여된 무기다. 가지고 있는 것 중에 는 가장 강력한 녀석이다.

"알겠네. 그럼 나도 대전 때 무투파 상인이라고 불리던 시절을 떠올리면서 필사적으로 싸워 보도록 하지."

도르트도 품에서 철갑을 꺼내서 주먹에 꼈다.

"그럼 먼저 갈게 카우프만 씨. 나라와 도시를 지키는 12길드의 마스터로서 방위전을 시작한다……!"

"알았네!"

그렇게 별의 도시에서 고룡과의 싸움이 시작됐다.

"별의 도시로 돌아간다!"

"알았어!"

보고를 듣고 곧바로 스타라이트 멤버들은 곧장 결정했다.

여기서 전력으로 달려서 별의 도시를 구원하러 간다.

그렇게 할 수밖에 없다.

문제는…… 아무리 노력해도 여기서 30분은 걸린다는 점이었다.

그 사이에 도시가 얼마나 파괴될지. 전력으로 돌아갔을 때 싸울 체력이 남아 있을지.

……그렇지만 별의 도시의 위기다.

사람들을 구하기 위해서라도 빨리 돌아가야 한다.

그런 마음만이 머릿속에 있었다.

초조한 마음을 품고 달려가려는 찰나.

"잠깐 기다려."

찬물을 끼얹는 듯한 냉정한 목소리가 들려왔다.

"무슨 일이야, 악셀 씨?! 말해두겠지만 말리지 마? 아무리 상대가 고룡이라고 해도 우리 고향이야! 싸울 수밖에 없어!"

뒤를 돌아보면서 지크가 말했다. 그 말을 들은 악셀은 고개를 끄덕였다.

"말리는 게 아니야. 단지…… 지크, 너희는 한시라도 빨리 돌아가고 싶은거지?"

"그래! 물론이지!"

"OK. 그럼 우리한테 맡겨 줘. 최고 속도로 너희들을 옮겨 줄게."

"우리를, 옮긴다니……?"

악셀의 말이 이해가 가지 않던 지크는 의문을 지울 수가 없었다.

악셀이 옆에 있던 바젤리아에게 말했다.

"그럼, 바젤리아. 가자."

"응, 원래 모습으로 변신할게. 【변신】!"

그렇게 말한 바젤리아의 몸이 붉은 빛에 둘러싸였다.

"용으로 변신했……다고?"

이윽고 빨간색과 금색이 어우러진 비늘이 눈부시게 빛나는 한 마리 용으로 변신했다.

"이, 이 용은! 전장에서 봤던……!"

"그, 그래. 나도야. 이건 불가시의 용기사가 타고 있던 적금(赤金) 의 용용왕이잖아……."

거기에 있던 것은 멀리서 본 동경하던 영웅이 타고 있던 아름 다운 용의 모습.

잊을 수 있을 리가 없다. 용사의 파트너였으며 용왕을 타고 다 닌 자.

"아, 악셀 씨. 당신이 설마 이름뿐만 아니라. 정말로……!!"

지크가 경악하면서 다시 악셀을 쳐다봤다.

"우선 짐은 여기 두면 되나……."

그러나 그는 운송주머니를 뒤집어 털면서 안에 있는 물건을 빼 고 있을 뿐이었다.

여기 오기 전에 운송주머니에 넣었던 짐들이다.

"──아, 악셀 씨? 뭐, 뭐 하는 거야?"

기묘한 행동을 의아하게 여겨서 물어봤더니 악셀은 운송주머니를 흔들면서 진지한 표정으로 대답했다.

"운송주머니를 비우고 있어. 그래야 스타라이트 멤버 모두를 넣을 수 있으니까."

"우, 운송주머니 안에 우리가 들어간다고?!"

너무 뜻밖인 대답에 눈을 동그랗게 뜨고 있으니 악셀은 옆에 있는 바젤리아의등을 보면서 고개를 끄덕였다.

"바젤리아는 1인승이니까. 전부 데리고 가려면 가장 좋은 방법이 운송주머니 안에 넣고 가는 거야. 안에서도 숨은 쉴 수 있고, 좀 좁지만 작은 개인실처럼 되어 있으니까 안심해. 내가 직접 머리를 넣어서 확인해봤어."

"아, 알았어."

"그리고 그 안에서도 목소리는 들리니까 도시로 가면서 작전회의를 하자."

"작전……이라니 어떤?"

그때서야 운송주머니를 다 비워낸 악셀이 다가오며 말했다.

"의뢰는 아니지만 고룡이 튀어나왔으니 어쩔 수 없지. ──지금부터는 마수 토벌이 아니라 고룡 토벌이다. 그러기 위한 작전이야."

그리고 그들은 영웅과 함께 하늘을 날아 마을로 돌아왔다.

적투 직업인 사람들은 도시를 습격한 고룡을 상대로 시간을 끌고 있었지만 그 대가는 싸지 않았다.

"……정말이지, 반칙이잖아."

마리온은 무릎을 꿇고 피로 얼룩진 깊은 숨을 내쉬면서 투덜거렸다.

그녀의 몸에는 고룡의 단단한 비늘에 찔린 듯한 상처가 있었다.

"크고, 단단하고, 빠르고, 게다가 머리도 좋다니, 너무 강하잖아……."

마리온은 입 안에 고인 피를 뱉으며 고룡을 올려다봤다.

"구아아아아아!!"

고룡은 그 커다란 몸에 붙은 꼬리와 날개를 기세 좋게 휘두르며 파괴된 별의 도시의 건물이나, 사람들이 떨어트린 장비, 몸의 일부를 먹고 있었다.

사망자가 나오지 않은 건 정말 기적같은 일이었다.

고룡과 교전을 시작한지 몇 분. 이제 움직일 수 있는 사람은 자신을 포함해서 몇 명밖에 남지 않았다.

목에 있는 역린을 노리려고 했지만 고룡의 꼬리와 날개에 막혀 실패했고, 몸을 노린 자들은 발톱과 이빨에 몸이 찢겨나갔다.

전투 중에 중상을 입은 사람들도 있었지만 죽기 전에 서포터들이 구했다.

구호부대에게 맡겨 두면 어쨌든 죽지는 않는다. 손발을 잃더라도 어느 정도라면 약으로 어떻게든 된다.

아직까지 인명피해는 없지만, ……이대로 우리가 돌파당하면 뒤에 있는 구원부대나 피난중인 주민들이 위험하다…….

고룡은 마력이 풍부한 사람을 노리고 있었다. 적의(敵意)를 돌리는 스킬은 없지만, 전선을 유지할 수 있으면 발목을 잡는 것 정도는 가능할 텐데.

"이보게, 마리온 군. 이제 움직일 수 있는 건 나밖에 없는 것 같네만."

뒤에서 비틀거리며 도르트가 걸어왔다.

"괜찮아? 카우프만 씨. 방금 고룡의 턱을 때리려다 치여 날아가는 걸 봤는데."

"무얼, 한쪽 팔과 늑골이 부러졌을 뿐일세. 아직 한 팔 남아있지 않은가."

그렇게 말하며 도르트는 한쪽 팔로 주먹을 쥐었다.

"마리온 군이야말로 괜찮나? 이미 다리가 후들거리고 있는 것 같은데. 방금 전에 사람을 구하다가 고룡의 꼬리에 치이지 않았나. 물러나도 괜찮네만? 길드 대표라는 중요한 몸이니까 말이야."

도르트가 한 말에 마리온은 쓴웃음으로 대답했다.

"그러고 싶은데, 아직은 아니지. 아직 피난하지 못한 사람들이 있으니 영웅들이 올 때까지는 붙잡아 둬야지 않겠어? 그리고 이 마을도 사람 목숨만큼 중요하니까."

도시 중앙은 이미 파괴됐다.

그렇지만 그 이외에는 아직 무사했다.

이건 지금까지 전투 직업들과 함께 계속 역린을 노리거나 머리를 공격하여 발을 묶어두었기 때문이다.

"길드 대표로서 최대한 지켜내야지. 여기까지 와서 도망갈 순 없어."

"후후, 그렇군. 나도 동감일세. 길드 서브마스터로서의 고집이 있지. 물러날 순 없네."

그렇게 말하면서 마리온은 단검을 도르트는 주먹을 쥐고 자세를 잡았다.

"비늘이 없는 부분이라면 우리 무기로도 공격이 통할 테니까, 가능한 녀석의 체력을 깎아 내자고, 카우프만 씨!"

"그래……!"

두 사람이 고룡을 향해 돌진하려던 찰나.

"구오오……!"

고룡의 머리가 재빨리 움직였다.

녀석의 머리가 후방을 향하고 있었다.

그쪽을 보고 있는 건지 아닌지 알 수는 없었지만, 고룡은 크게 날개를 펼쳤다.

"설마, 다른 곳을 노리고 날아갈 셈인가?!"

"이런! 막아야 해!"

마리온은 도르트와 함께 고룡에게 달려갔다. 하지만 고룡 쪽이 더 빨랐다.

"구오오오오오오오오오오!"

몸을 회전시켜서 날개로 세개 지면을 때렸다.

방해된다고 말하듯이 날개와 엄청난 풍압이 닥쳐왔다.

"⋯⋯⋯⋯?!"

"우와악⋯⋯!!"

마리온은 도르트와 함께 힘껏 날아가서 지면에 처박혔다.

숨을 쉴 수 없을 정도의 충격이 몸을 덮치고 몸이 튀면서 바닥 위에 굴렀다.

대량의 피가 흩날리자 고룡은 맛있는 거라도 찾은 양 이쪽을 쳐다봤다.

그리고 날개를 부드럽게 움직이면서 하늘로 올라가서 여유로운 움직임으로 다가왔다.

아무래도 우리를 잡아먹고 나서 피난중인 사람들에게 날아갈 속셈인 것 같다.

⋯⋯아아, 정말. 전투 직업이 아니라곤 하지만 설마 이렇게까지 아무것도 못할 줄이야. 분하다⋯⋯.

마리온은 자신의 힘이 통하지 않는 것을 분통하게 여겼다.

그렇지만 그래도 마지막 순간까지 저항하려고 무릎을 떨면서 일어났다.

"그냥 잡아먹히진 않을 테다."

나를 입에 넣은 순간 단검으로 찔러 주겠어.

그걸로 조금이라도 시간을 벌 수 있다면 바라는 바다.

그렇게 생각하면서 다가오는 고룡을 올려다보았다. 거대한 이빨이 난 입이 이쪽을 향해 다가오고 있었다.

그 순간.

"——【드래곤 러쉬】……!"

그런 소리와 함께 굉장한 고속으로 하늘 위에서 무언가가 날아왔다.

그리고 동시에 고룡의 한쪽 날개가 뜯겨나갔다.

"크, 오오오오……!"

고룡이 비명을 지르면서 땅에 떨어졌다.

"어……?"

눈앞에서 일어난 일을 이해하지 못하고 마리온은 멍하니 쳐다보고 있었다.

단지 그 몸과 눈이 저절로 깜작할 사이에 지나간 무언가를 쫓고 있었다.

하늘에서 비스듬히 강하하여 지붕에 착지한 것은——

"아, 악셀 씨?!"

운송주머니를 매고 있는 운반꾼 남자였다.

적금(赤金)의 비늘을 가진 용과 함께.

"최상급 클래스 난이도 의뢰를 끝내고 돌아왔어, 마리온, 도르트 아저씨. ……뭐, 연장전이 남아 있는 모양이지만."

악셀은 지붕 위에서 뛰어 내려 너덜너덜해진 마리온과 도르트

앞에 착지했다.

"……아슬아슬해 보이는데, 둘 다. 괜찮아?"

"아, 응. 난, 괜찮아."

"나도, 아직 일어설 수 있다네. 그런데…… 악셀 군이 어떻게 여기에?! 자네는 원시생림에 갔을 텐데……."

"그래. 그래서 급하게 병력을 데리고 돌아온 참이야. 다들 나와."

나는 등에 매고 있던 운송 주머니를 열었다. 그러자 안에서 창백한 얼굴을 한 스타라이트 멤버들이 나왔다.

"으으…… 머리가 엄청 어지럽네요……."

"그, 그래도 덕분에 빨리 도착했고 뛰어 온 것 보단 낫잖아. 바로 움직일 수 있어……!"

늘어져 있었던 것은 정말 한 순간이었고 스타라이트 멤버들은 곧바로 정신을 차렸다. 그리고는 너덜너덜해진 두 사람을 발견했다.

"꺄아?!"

"으, 무, 무슨 짓인가……!"

도르트와 마리온을 들쳐업었다.

"저 쪽에 방호벽이 있으니까 거기까지 옮기겠습니다. 리더. 저 쪽으로 가면 되죠?"

"그래! 약속한 대로 우리들은 부상자를 낚아채서 바젤리아 씨에게 맡기고 주변을 지키는 데 참가한다! 용은 잘 부탁해 악셀 씨!"

"그래. 알았어. 바젤리아도 괜찮지?"

『맡겨 둬! 빈틈없이 지켜낼 테니까!』

그렇게 해서 고룡에게서 떨어져있던 바젤리아나 스타라이트 멤버 그리고 그들에게 업혀 있던 마리온과 도르트를 배웅하고 나서 나는 고룡을 다시 바라보면서 운송주머니에 손을 넣었다.

그리고는 이때까지 운송주머니 맨 밑에 들어있던 용기사의 검과 창을 꺼내들었다.

집에서 나올 때는 항상 운송주머니에 넣고 다녔다.

"이걸로 운송주머니 안은 완전히 비었으니…… 과거운송을 완전하게 사용할 수 있겠군."

검과 창을 어깨에 매고 운송주머니는 허리에 맸다.

그 상태로 나는 고룡을 상대했다.

아, 그리운걸.

그런 생각이 머리를 스쳤다.

고룡을 상대하는 건 오랜만이다.

"옛날이랑 지금의 나는 직업부터 입장까지 여러모로 다르지만…… 하는 일은 같단 말이지……."

그래, 직업은 달라졌지만 지금 할 일은 똑같다.

그저 용기사의 경험을 살려서, 《운반꾼》으로서 사용할 수 있는 것은 전부 사용해서 일할 수밖에.

"그래, 고룡. 내가 너에게 패배를 보내주마."

그리고 나는 자신이 과거에 사용한 기술을 불러왔다.

"과거 운송, 【드래곤 블레이드】……!"

눈앞의 상대를 쓰러트리기 위해.

도르트는 마리온과 같이 스타라이트 멤버들에게 업혀서 전장에서 조금 떨어진 광장까지 물러났다. 거기서 마녀가 거대한 마법진을 그렸다.

"좋아, 【방호 회복 진지】를 폈으니까 우선은 괜찮을 거야, 리더. 서브마스터랑 마리온 씨 정도라면 몇 분 쉬는 것만으로도 회복할 수 있을 거야."

"그럼, 다음은 후방으로 피난하고 있는 사람들한테 가자. 한층 강한 방호진지를 편다."

"알겠어. 악셀 씨 덕분에 마력을 완전히 온존했으니까. 만일을 대비해서 열두 시간은 지속될 정도로 방호마법을 만들자. 리더!"

그렇게 말하고, 스타라이트 멤버들은 도시 안으로 달려갔다.

"그럼, 바젤리아 씨. 이 곳은 맡길게!"

『응, 알았어! 여기 두 사람은 내가 지킬 테니까 다른 사람들을 부탁할게!』

이렇게 해서 자리에 남은 사람은 방호진지 앞에서 쉬고 있던 도르트와 마리온, 그리고 바젤리아라고 불린 적금(赤金)색 비늘을 가진 용이었다.

"자, 자네가, 정말로 바젤리아, 군인가?"

도르트도 잘 아는 소리였다.

그러자 적금의 용은 상냥하게 웃으면서 말했다.

『아, 맞다. 이 모습이면 못 알아보겠네. 【변신】!』

용이 빛에 감싸이더니 사람의 모습으로 돌아왔다. 두 사람도 잘 알고 있는 소녀의 모습이었다.

이것으로 확신했다.

"그렇군. 역시 그가 《불가시의 용기사》였나. 그리고 바젤리아 군이 파트너 용이고."

그렇게 말하자 바젤리아가 눈을 동그랗게 떴다.

"어라, 도르트 아저씨, 주인의 전직이 뭔지 알고 있었구나."

"물론이네. 확인해야 할지 망설였을 뿐, 불가시의 용기사를 모를 리가 있나! ……그런데 ……괜찮은가?"

"뭐가?"

"악셀 군 말이네! 그는 용기사잖나! 용인 자네를 타고 싸워야 하는 게 아닌가?"

그 물음에 바젤리아는 볼을 긁적였다.

"으~응, 도르트 아저씨는 뭔가 착각을 하고 있네. ……우선, 주인은 지금 《운반꾼》이야."

"그, 그럼 더욱 더 같이 싸워야 되는 것 아닌가?"

그가 용기사가 아니라면 혼자서 고룡과 싸우는 건 무모하다.

도와줄 사람이 더 있냐고 물어봤지만, 바젤리아는 미소지으면서 고개를 좌우로 흔들었다.

"그게 두 번째 착각. 주인은 혼자 싸울 때 더 강해."

"뭐……라고?"

"저길 한번 봐봐."

바젤리아의 손끝에는 악셀이 있었다.

종횡무진으로 고룡의 주위를 날아다니면서 커다란 검과 창을 들고 고룡의 몸통이나 손발을 베고 있는 모습이 보였다.

"뭐, 뭐지. 저 속도는……!"

그가 운반꾼 일을 할 때보다 몇 배나 더 빠른 움직임이었다.

멀리서 보고 있는데도 눈으로 쫓을 수 없을 만큼 빠른 속도로 움직이고 있었다.

"저걸 보면 알겠지만, 내가 다른 사람들을 지키는 역할인 이유는 내가 있으면 주인의 움직임을 방해해버리기 때문이야."

"용인 자네가 방해가 된다고?"

내 물음에 바젤리아가 고개를 끄덕였다. 그녀가 악셀을 바라보는 눈에는 절대적 신뢰감이 깃들어 잇었다.

"물론. 용기사는 용을 **타는** 존재지만 ……용을 사냥하는 존재기도 하니까. 지금은 스킬도 조금밖에 사용할 수 없지만. ——그래도 저 정도의 고룡이 주인을 상대할 수 있을 리 없지."

"오오오오오!"

"움직이지 마라. 베기 힘들게."

거체에 붙어있는 나를 떨쳐내려고 고룡이 날뛰었다.

그렇지만 그 정도로 검이 흐트러질 일은 없다.

"【드래곤 클로】!"

스킬의 위력으로 고룡의 손발을 베며 대미지를 입히고 있었다.

피투성이인 고룡은 분한 시선으로 이쪽을 쳐다봤다.

"구우우우우우우아!!"

으르렁거리는 소리와 함께 거대한 꼬리로 날려버리려고 했다.

그렇지만 그런 직선적인 공격에 맞아 줄 이유가 없다.

나는 뛰어올라 건물 벽을 박차고 다시 고룡에게로 다가갔다.

"——투척식【드래곤 바이트】!"

용기사 스킬을 운송해서 오른손에 든 검을 던졌다.

목 주위에 연속으로 참격이 날아가 주위의 비늘을 한꺼번에 벗겨냈다.

"구오오오……!"

고통에 고룡이 울부짖었다. 그러나 고룡도 당하고만 있지는 않았다.

"……코어가 있는 목 주위의 상처는 금방 치료하는군."

고룡은 상처를 입어도 몸에 축적한 마력을 소비해서 비늘이나 몸을 재생할 수 있다.

"이 녀석을 완전히 죽이려면 일격으로 목을 날려버리던지 마력을 전부 사용하게 만들어야 겠군. 방법이야 여럿 있겠지만……."

용기사 스킬만으로도 고룡에게 상처를 입힐 수 있다. 이대로 녀석의 마력이 다할 때 까지 장기전을 하는 선택지도 있다.

"구루우우우아아아아아아!"

상처를 치료한 고룡은 사용한 만큼 마력을 구하려고 더욱 더 날뛰었다.

……역시, 이 이상으로 날뛰어서 마을을 파괴하게 둘 순 없다.

사람들을, 도시를 지키기 위해서는 단시간에 끝장을 내야 한다.

"《운반꾼》과거 운송 스킬을 최대한 사용해서 완전히 쓰러트린다……!"

지금 동시에 사용할 수 있는 용기사 스킬은 두 개.

……그 두 스킬을 합쳐서 최대한 위력이 강한 기술을 사용하자.

용기사 시절에 몇 번이고 해봤던 일이다. 그렇게 정했으면 이제 실행할 뿐이다.

"【드래곤 부스트(비룡의 날개)】……!"

마력을 몸에 둘러서 몇 초 동안 공중에서 움직일 수 있게 하는 스킬이다.

마치 사람한테 용의 날개가 난 듯한 모습으로 변했다.

그러자 분노로 물들어 있던 고룡의 눈이 내 쪽을 향했다.

"워……오……!"

농밀한 마력에 이끌린 것 같다.

분노와 식욕이 뒤섞여 입을 크게 벌리고 머리를 내밀었다.

……아아, 그립구나.

나는 옛날부터 이렇게 고룡을 유인해서 쓰러트렸다.

　그 경험을 지금도 살릴 수 있는 것에 감사하면서 창을 강하게 쥐었다.

　"자, 간다. 부스트⋯⋯!!"

　용이 접근하는 타이밍에 맞춰서【드래곤 부스트】를 이용해서 힘껏 뚫고 들어갔다.

　"오오오오오——!"

　이제부터 사용할 스킬은 용기사 시절, 수많은 용의 목숨을 거둔 기술이다.

　드래곤 부스트로 고속 이동 중에 사용하는, 용신의 이름을 가진 합격기(合擊技).

　"——【드래고닐 브레이크(용신의 번개)】!"

　검은 빛과 하얀 빛으로 이루어진 날개를 번쩍이며, 나는 한 줄기 번개처럼 나아가 그대로 고룡의 머리를 꿰뚫고 지나갔다.

　"————?!"

　비명을 지를 새도 없이 고룡의 상반신이 날아갔다.

　코어를 잃어버린 고룡의 하반신은 그대로 기울어.

　"⋯⋯⋯⋯."

　스킬의 충격으로 크게 파인 지면 위로 쿵 하고 쓰러졌다.

　나는 너무 빠른 속도로 지나온 탓에 마찰열로 뜨거워진 몸을 손으로 연신 부채질해 식히면서 고룡의 최후를 확인 한 후.

　"후⋯⋯ 이걸로 연장전 종료. 확실히 끝맺을 수 있어서 다행이군."

일이 끝났다는 보고를 하기 위해 후방에서 기다리는 마리온과 도르트에게 돌아갔다.

용기사 스킬을 해제하고 고룡의 잔해를 운송주머니에 회수한 뒤, 나는 후방에 있는 광장으로 향했다.

전장에 도착했을 때 부상자를 발견한 경우 이송하기로 사전에 계획한 장소다.

작전이 제대로 돌아갔나 생각하고 있을 무렵.

"악셀 씨——!"

광장에서 몸 곳곳에 붕대를 감은 마리온이 달려왔다.

"오, 마리온인가. 용이랑 싸웠는데 그렇게 뛰어다녀도 괜찮겠어?"

"아, 응. 상처도 얕고, 벌써 스타라이트 멤버들한테서 응급처치도 받았으니까. 카우프만 씨도 저쪽에 있어."

그녀는 그렇게 말하고 자신이 달려온 광장을 쳐다봤다.

거기에는 상반신을 붕대로 둘둘 감고 있는 도르트와 그를 치료하고 있는 스타라이트 멤버들이 있었다.

모든 사람이 힘껏 손을 흔들고 있었다. 얼굴은 피곤해 보였지만 다들 무사한 모양이다.

"일단은 무사해서 다행이구나."

"정말. 희생자가 없이 끝난 건 당신 덕분이야, 악셀 씨. 고마워."

그렇게 말하며 마리온은 고개를 숙였다.

"그리고, 이거. 이쪽으로 오는 도중에 주웠어. 이상할 정도로 강력한 힘이 느껴지는데…… 악셀 씨 거지?"

그녀는 검 한 자루를 우편함에서 꺼냈다.

방금 전투 중에 던진 용기사의 검이다.

"오오, 고마워. 나중에 회수하러 가야겠다고 생각했는데 주워 줬구나. 고마워."

"…………."

나는 그녀의 손에서 검을 받으려고 손을 내밀었는데, 마리온이 나를 보면서 무언가를 망설이듯 입을 우물거리는 걸 눈치챘다.

"응? 무슨 일이야?"

"아니, 저기, 역시 악셀 씨가 《불가시의 용기사》구나 해서. 지금까지 확신할 수 없었는데, 그 움직임을 보니 아아, 그 사람이다 싶더라고. ……어째서 짐꾼이 됐는지는 모르겠지만……."

그렇게 말하고 더욱 긴장한 표정으로 그렇게 말했다.

왜 긴장했는지는 모르겠지만 우선 검을 받았다.

"아~ 설명하자면 복잡한데, 마왕을 쓰러트린 뒤에 용기사를 그만두게 됐거든. 그래서 그냥 전직한거야."

마리온의 질문에 대해서 아무렇지 않게 대답했다.

"뭐……?"

마리온이 눈을 힘껏 떴다.

"무슨 이상한 말이라도 했나?"

그냥 전직했다는 이야기를 했을 뿐인데 왜 그런 표정을 짓는 거지?

"저, 저기. 악셀 군. 물어본 내가 말하는 것도 이상하지만, 그런 중요한 과거를 가볍게 이야기해도 괜찮아?!"

꽤 큰 목소리로 말했다.

"물어봤으니까 대답한 거지. 별로 중요한 것도 아니고."

스테이터스가 드러나는 것도 아니고 중요한 점이나 매너위반이 될 만한 것은 말하지 않았다. 뭘 그렇게 당황하는 거지?

"중요하지 않다니──! 보통은 그런 상위 직업을 그만뒀다든가 하는 이야기는 하지 않잖아?!"

"어? 그런거야?"

마리온이 말하기 전까지는 그냥 떠벌리고 다닐 일은 아니라는 정도로만 생각했다.

딱 집어서 물어보기에 대답했는데, 가볍게 말할 화제가 아니었나.

"이렇게까지 엇나간 인식을 가진 사람이 있을 줄이야. ……응, 악셀 씨가 이 정도로 긍정적인 성격이라면 그냥 일하는 중에도 좀 더 편하게 물어볼 걸 그랬네."

힘껏 어깨를 늘어트리고 마리온은 후우 하고 한숨을 뱉었다.

아무래도 마음을 다시 정리한 것 같다.

그리고 편한 표정으로 내 얼굴을 올려다봤다.

"……뭐, 그렇네. 악셀 씨가 불가시의 용기사였던 그렇지 않던 우리한테는 《운반꾼》 악셀 씨니까. 사소한 일이라고 해도 틀린 말은 아니네."

아무래도 기운을 차린 것 같다. 뭐, 풀이 죽은 상태로는 말하기도 힘드니까.

"아, 그렇지. 《운반꾼》 하니 생각났는데, 내가 이번에 한 일은 최종연수였잖아? 경험을 쌓을 수 있었던 건 좋았지만, 특이한 일이 너무 많이 일어났는데…… 성공이라고 봐도 되나?"

원래 받은 의뢰는 거대 마수 퇴치를 돕는 역할이었고, 대형 마수는 경위야 어쨌든 사라졌으니 목표는 달성한 셈이지만, 서포터의 역할을 다했냐고 한다면 미묘한 부분이다.

"후후, 용을 쓰러트렸는데 그런 걸 신경쓰다니 악셀 씨는 운송 직업에 진지하네."

"그거야 뭐 지금 나는 운반꾼이니까. 도시나 사람들도 무사히 끝났으니 결과가 신경 쓰일 수밖에."

그렇게 대답하자 마리온은 힘이 빠진 듯이 웃고 크게 고개를 끄덕였다.

"물론, 대성공이야. 치료 중인 스타라이트 멤버들한테도 들었는데, 그렇게 일을 잘했다며? 성공이라고 할 수밖에."

"오, 그런가."

돌발사태가 좀 많았지만 어떻게든 운반꾼으로서 마지막 연수는 성공한 모양이다.

마리온이 품에서 반지를 하나 꺼냈다.

"자, 악셀 씨한테 선물이야. S급 길드『사지타리우스』의 인증 반지야."

"인증 반지?"

"응. 우리 S급 길드『사지타리우스』가 실력을 인정한 운송업자에게 주는 물건이야. ……말도 안 되게 강한 악셀 씨의 실력을 한 사람 몫이라고 하는 것도 이상하지만."

마리온은 장난스럽게 웃고 나서 진지한 표정으로 반지를 바라봤다.

"그래도, 그게 있으면 당신이 운송 직업으로서의 능력은 의심할 여지가 없다는 뜻이니까. 이제부터 악셀 씨가 일을 어떤 일을 하게 될지는 모르겠지만, 뒷배로라도 사용해 줘."

"그렇게 좋은 걸 받아도 돼?"

내 물음에 마리온은 기쁜 듯한 표정으로 대답했다.

"당연하지! 연수 졸업 축하해, 악셀 씨. 당신은 이제 일류 운반꾼이야."

아무래도 나는 이제 한 사람 몫을 다할 수 있게 된 것 같다.

그리고 전직했을 때 세운 목표인 '여행을 하면서 생활'에 크게 가까워진 것 같다.

고룡이 습격한 지 이틀이 지났다.

도시 중앙부는 엉망이 됐지만, 이 도시는 마수의 습격에 익숙하기 때문에 빠르게 수복되었다.

상업 길드나 모험가 길드에서도 수복을 위해 소재를 모으거나 인부 의뢰를 낸 덕분에 그렇게 큰 소동이 있었는데도 불구하고 도시는 활기로 넘쳤다.

그러는 와중에 나는 운송주머니를 손에 들고 사지타리우스 건물 앞에 서 있었다.

옆에는 바젤리아가 있고 마리온과 도르트가 마중을 나와 있었다.

"이 의뢰를 받는다는 말은 이제 여행하러 간다는 말이구나. 악셀 씨."

마리온이 들고 있는 것은 이번에 내가 받은 의뢰서이다. 내용은『물의 도시(水都)』로 물자를 배달하는 것과 중계 도시까지 그룹의 전투를 서포트하는 것이다.

그리고 빨간 글씨로『현지 해산』이라고 적혀 있었다.

"한번『물의 도시』를 찬찬히 둘러보고 싶었어. 해산물도 맛있다고 하니까 먹어보고 싶고. 그래서 이 의뢰는 짐을 배달하면 거기서 의뢰를 완료할 수 있지?"

"응. 이건 배달하는 물건에【수령 확인】마법이 걸려 있으니까. 운송이 끝나면 마법이 풀리니, 그대로 여행길에 올라도 괜찮아. 다만, 여행을 떠날 생각이라면 운송주머니에 식량을 넣어 가는 게 좋을 거야."

"그건 문제없어. 3달은 먹을 만큼 넣었으니까."

나머지는 습격으로 약간 부서진 집에 보관하고 있던 돈과 용기사 시절에 쓰던 무기를 넣었다.

"쓸만한 건 전부 챙겼으니까 여행 준비는 완벽해."

"악셀 씨는 일은 확실히 하는 사람이니까 걱정하지 않아. 뭐…… 조금 쓸쓸해지겠지만."

마리온의 말에 그녀 곁에 있던 도르트도 크게 고개를 끄덕였다.

"음! 동감일세. 하늘을 나는 운반꾼이 별의 도시에서 사라진다고 생각하면 왠지 기분이 묘해지는군. 그렇지만 경사스러운 출발이니까 나는 축하하려 하네. 악셀 군."

"하하, 고마워. 뭐, 여기로 영영 돌아오지 않는 것도 아니니까, 다시 찾아올게. ……그리고 신세를 졌어. 이제 막 전직한 나를 지원해 줘서 정말 고마워."

고맙다는 인사를 하자 마리온과 도르트는 서로의 얼굴을 마주 보고 쓴웃음을 지었다.

"후후, 우리가 더 신세를 진 것 같은데."

"그렇군. 용이 습격했을 때는 정말 신세를 졌네. 그리고 조금 늦었지만 이걸 자네에게 주겠네. 자네가 도시 수복에 사용해 달라고 한 고룡에서 나온 소재들의 대금이네."

도르트가 꺼내는 건 가죽 가방이었는데 안에는 지폐로 꽉 차 있었다.

"이렇게 큰 돈을 받아도 돼?"

"무슨 말인가. 용을 쓰러트린 자네가 이 돈을 받으면 안 될 리가 없지 않은가. 거기다가 마을의 수복에 들어갈 돈은 이미 충분히 사용했고……. 덩치도 큰 녀석이었으니까 그만큼을 팔고도 아직 남아 있다네. 저걸 한꺼번에 파는 건 불가능한 일이야."

"흠, 생각보다 팔 수 있는 부분이 많군."

스킬로 힘껏 상반신을 날려버렸는데도 고룡은 꽤 큰돈이 되는 것 같다. 마왕대전 때 좀 주워둘걸 하고 생각하고 있는데 도르트가 돈이 들어있는 가방을 가리켰다.

"그래서 말인데. 앞으로 팔 것도 악셀 군에게 건네주고 싶네만…… 자네만 좋다면 우리 상업길드【제미니아】에 자네의 계좌를 만들어줄 테니 넣어 둘 생각은 없는가? 괜찮다면 수속을 밟아두겠네."

"그럴까. 도르트 아저씨네 길드는 은행같은 일도 하고 있었지."

마왕을 쓰러트린 보수의 대부분은 현금으로 받았지만 필요한 만큼을 제외하고는 왕도에 맡겨놓았다. 연락하면 금방 가져다주니까 계좌를 만드는 것을 잊고 있었다.

아무 길드에서나 만들어도 괜찮을 것 같지만 수속을 해 준다고 하니 부탁하기로 했다.

"그럼 부탁할게."

"알았네. 그럼 이 카드가 계좌 인증 카드라네. 이 마법의 펜으로 사인하면 사용할 수 있다네."

도르트는 고개를 끄덕이면서 나에게 한 장의 카드와 펜을 넘겨 줬다.

"……도르트 아저씨, 혹시 미리 만들어 둔 거 아냐?"

"서브마스터 권한으로 슬쩍 했지. 허가를 받지 않았으면 관두었을 테니 용서해 주게나. 이렇게 하는 게 좀 더 원만하게 끝날 것 같아서."

"뭐, 석연치는 않지만…… 여행을 시작할 시간이니 이렇게 바로 받는 편이 나도 고마워."

그렇게 말하면서 나는 카드에 사인하고 펜을 도르트에게 돌려주었다.

"음, 그렇게 말해주니 고맙군. 제미니아는 이 나라의 거의 모든 도시에 지부를 가지고 있으니까 필요할 때 들러 주면 어디서든 내놓을 수 있도록 하겠네. 그리고 이 카드 외에도 하나 건네줄 게 있는데……."

그렇게 말하고 도르트는 다시 품에서 손을 넣고 작은 봉을 하나 꺼냈다.

그리고 사지타리우스에서 받은 반지를 가리켰다.

"……악셀 군, 그 반지를 이 쪽으로 내밀어 줄 수 있나?"

"그래, 알았어."

내가 손가락을 내밀자 도르트는 금속부분에 작은 봉을 눌렀다. 그러자 그 부위에서 양손을 깍지끼고 있는 듯한 마크가 생겼다.

"이건…… 뭔가 문양이 늘어났네?"

"그건 내가 간부로 있는 S급 길드【제미니아】의 인증 마크라네. 자네의 힘을 우리가 보증한다는 뜻이지. 자네의 실력을 증명하는 도구가 될 걸세."

"흠, 도르트 아저씨네 길드도 S급 길드였구나."

"음, 그렇다네. 제미니아도 사지타리우스와 똑같이 이 나라가 자랑하는, 신들과 제일 가깝다고 하는 S급 길드── 왕도 12길드라네. 그 중 두 군데에서 자네를 우수한 운반꾼으로 인정한다는 말이니 어느 길드, 어느 도시에 가더라도 문전박대를 당할 일은 없을걸세."

"정말이야? 거듭해서 고마워 둘 다."

일도 이제 막 배운 참인데 이런 선물까지 주다니, 정말 좋은 지원을 받았구나.

그때 교회의 종이 천천히 여덟 번 울리기 시작했다.

8시를 알리는 종이다.

나는 받은 물건을 전부 운송주머니 안에 넣었다.

"슬슬 이번 의뢰 집합 시간이야. 북서쪽 문으로 가야 해…….그럼, 갈게!"

이별이 조금 아쉽지만 의뢰를 떠날 시간이기에 발걸음을 떼려고 하던 찰나.

"아, 기다려, 악셀 씨. 여기서 만나도 돼."

마리온이 그렇게 말해서 멈춰 섰다.

"만나다니? 그게 무슨 말이야?"

무슨 말인지 몰라서 물어봤더니 마리온은 조금 장난치듯이 웃었다.

"그게, 그 의뢰를 한 건 나랑 카우프만 씨니까."

"응?"

"이번 의뢰에 슬쩍 끼워 놨지. 이게 악셀 씨가 여행을 떠나기 가장 쉬운 방법인거 같아서."

무슨 말을 하는지 모르겠다 싶어 도르트의 얼굴을 바라봤다. 그러자 도르트도 그 나름대로 즐거운 듯한 표정을 짓고 있었다.

"응? 정말로 이거 둘이서 낸 의뢰야?"

나는 의뢰서에 적혀 있는 의뢰인 부분을 다시 봤다. 거기에는 상업 길드라고만 적혀 있었다. 그래서 다시 물어보니 마리온은 미소지으면서 설명했다.

"그래, 그래도 분명히 이유는 있어. 별의 도시를 수복하기 위해서 물자를 사러 간다는 이유지."

"그래! 그리고 자네랑 헤어지는 건 역시 아쉽지 않나! 잠시 중간까지는 같이 가고 싶다고 생각했다네. 식량 같은 건 내 쪽에서 내면 악셀 군이 출발하는 걸 축하할 수도 있고!"

도르트도 그 나름대로 엄지손가락을 세우고 강하게 말했다.

아무래도 이 두 사람은 내가 여행을 시작할 때까지 지원해주려는 것 같다.

"좀 놀랄 만한 선물이구나 이건. ──뭐, 그런 이유라면 중간까지는 같이 갈까."

내 말에 마리온도 도르트도 기쁜 듯한 얼굴로 대답했다.

"그래, 잘 부탁해, 악셀 씨."

"서포트 역할 잘 부탁하겠네, 악셀 군."

"하하, 알았어. ──운반꾼으로서 빈틈없이 해치워줄게."

그대로 마리온, 도르트와 가볍게 이야기하고 우리는 수도로 가는 가도가 이어진 북서문으로 갔다. 도중에 내 옆에서 걸어가던 바젤리아도 기쁜 듯한 표정으로 말했다.

"왠지 즐거워보이네 주인."

"뭐 그렇지. 예전에 하던 일이 나쁜 일이었다고 생각하는 건 아니지만. ──《운반꾼》이라는 직업은 굉장히 즐겁다고 생각해서 말이야."

그렇게 떠들썩한 동료들과 함께 나는 별의 도시를 떠났다.

별의 도시를 고룡이 습격한 지 며칠 뒤, 어느 날 저녁.

도시 한복판에 후드를 쓴 팡이 서 있었다.

"고룡 습격 사건에 대해 보러 왔는데 벌써 거의 수복되었구나."

팡은 한창 재건 중인 도시를 시찰하면서 툭 중얼거렸다.

방비가 다소 약해진 틈을 타 약삭빠른 마물들이 움직일까봐 전투 장비를 적당히 골라서 왔는데, 이렇게 활기가 넘치고 있으면 필요 없을 것 같다.

……상업 길드 쪽에서도 협력이 필요한지 물어봤지만 웃으면서 괜찮다고 대답했고, 큰일이 없어서 다행이다.

팡은 그대로 악셀의 집으로 향했다. 팡에게 고룡 습격을 해결한 사람이 악셀이라는 보고가 들어왔기 때문이다.

"이렇게 단시간에 사태가 수습될 수 있었던 것은《하늘 나는 운반꾼》악셀 그란츠 덕분…… 이라는 보고가 왔을 때는 깜짝 놀랐지만. 거참, 직업이 바뀌어도 정말 대단한 사람이네……."

고룡 습격 보고를 받고 왕도에서 출동하려고 준비하는 도중에 해결됐다는 연락이 올 줄은 몰랐다.

그런 일들을 떠올리고 쓴웃음 지으면서 팡은 악셀의 집 앞에 도착했다.

오늘은 인사 겸 왕도에서 가장 좋은 술을 가지고 왔다.

기뻐해주면 좋겠는데.

"안녕하세요── 악셀 씨──!"

팡은 악셀 집 문을 두드렸다.

그렇지만 대답은 들리지 않았다.

"……엥?"

집 안에서 사람의 기척이 느껴졌지만 아무도 나오지 않았다.

들은 이야기로는 하늘을 나는 운반꾼이라는 별명을 가질 큼 활약했다는 모양이니 안에서 작업중인가 하고 생각하고 있는데.

"저기…… 무슨 일이십니까?"

모르는 여성이 문을 열고 나왔다.

"엥? 실례합니다만, 당신은 누구죠?"

모르는 얼굴이다. 도둑은 아닌 것 같지만……. 그래서 조용히 물어보자 그녀는 쭈뼛쭈뼛하면서 대답했다.

"저, 저는 운송길드 사지타리우스의 코하쿠……라고 합니다. 악셀 군은 저희 길드에서 지원 하는 사람이기에, 그 지원의 일환으로 그가 일을 하는 동안 이 집을 관리하고 있습니다."

코하쿠라고 이름을 댄 그녀의 말에 팡은 들어본 적 있는 단어를 발견했다.

"오오, 그 왕도 12길드 중 하나인 【운송의 사지타리우스】에서 나오신 분이셨습니까!"

"알고 계십니까?"

"당연하죠. 직업 상 이 나라의 중요한 길드는 거의 공부했으니까요."

용사 시절에는 별로 신경 쓸 여유가 없었지만 군사 고문을 맡은 뒤로는 이 나라에 대해 꽤 자세히 알게 되었다. 당연히 도시를 지키는 역할을 가진 왕도 12길드에 대한 지식도 확실히 들어 있다.

"……그런데, 그렇군요. 역시 악셀 씨라고나 할까. 운송 전문 길드는 숫자가 적은데, 그 중에서도 제일 멋진 곳에 들어가시다니."

"아, 아닙니다. 악셀 군한테는 저희쪽이야말로 도움을 받기만 했습니다. 정말로…… 초급 직업이라고는 생각할 수 없을 정도로 활약했으니까요. 이 도시도 그 덕분에 살아남았습니다. 이 집을 관리한다고 한 것도 그 은혜를 갚으려는 것의 일환입니다."

코하쿠의 말에 역시 보고에서 틀린 점은 없었다고 팡은 확신했다.

초급 직업이 되어서도 그 사람은 그대로구나.

"……그런데, 당신은 악셀 군이랑은 어떤 관계이신가요?"

이번에는 그런 질문이 왔다. 어쩌다보니 이야기하기 시작했지만 확실히 이쪽의 정보는 아무것도 밝히지 않았다.

"죄송합니다. 말씀드리는 것이 늦었습니다만, ……저는 옛날에 악셀 씨의 전우였던 팡이라고 합니다."

팡은 후드를 벗으면서 대답하자 그녀의 입이 쩍 벌어졌다.

"그, 그 얼굴과 이름이라면, 서, 성검의 용사님인가요……?!"

놀라면서도 확인하듯이 물어봤다.

"어라? 당신도 저에 대해서 알고 계셨군요?"

"무, 물론입니다. 용사님의 이름은 각지에 알려져 있고 몇몇 분들 외에는 얼굴도 몇 번인가 본 적이 있으니까요."

"아하하…… 뭐, 저는 얼굴도 적당히 알려져 있는 편이었으니까요. 알아봐 주셔서 영광입니다. 사실은 저 같은 사람보단 악셀 씨 쪽이 주목을 받는 게 맞는 것 같지만요. ……뭐, 그건 그렇다 치고 악셀 씨는 어디로 갔나요? 아까 일을 하러 집을 비우고 있다고 하셨는데, 이 도시에는 없나 보죠?"

지금 중요한 것은 내가 아니라 악셀 씨가 어디 있는가이다. 그래서 직접 물어보자, 코하쿠는 작게 고개를 끄덕였다.

"네. 악셀 군은 의뢰를 받아 실베스타로 여행을 떠났습니다. 당분간은 돌아오지 않는다고 합니다."

"뭐라고요?!"

그 말을 들은 순간 팡이 눈을 크게 뜨고 큰 소리로 외쳤다.

"무, 무슨 일인가요?"

"시, 실베스타……? 정말로 그 곳으로 갔나요?"

"아, 네. 틀림없이 그쪽으로 갔습니다. 벌써 며칠이 지났습니다만…… 무슨 안 좋은 일이라도 있나요?"

코하쿠의 목소리에 팡은 몇 초 동안 어떻게 대답할지 망설인 후에,

"안 좋은 일이라기보다, 지금 물의 도시에는 무서운 그녀가, ──【마술】의 용사가 있어서 말이죠. 조금 소동이 일어날지도 모르겠습니다. 괜찮으려나……."

마술의 용사이자 혈기왕성한 그녀는 나보다 더 《용기사》악셀에 대해 집착하고 있다.

"……이런, 일단 저도 서둘러서 물의 도시로 향하는 게 좋을 것 같군요……."

머지않아 한바탕 말썽을 부리겠구나.

그런 중얼거림이 별의 도시 하늘에 녹아 들어갔다.

작가 후기

『최강 직업《용기사》에서 초급 직업《운반꾼》이 되었는데, 어째서인지 용사들이 의지합니다』 1권을 구입해 주셔서 감사합니다.

작가인 아마우이 시로이치입니다.

이 작품은 최강 직업에서 초급 직업으로 전직하게 된 주인공이 용사나 여러 영웅들에게서 사랑, 존경을 받고 의지한다는 즐거운 트랜스포터 판타지입니다.

광대한 도시를 믿을 수 없는 속도로 날아다니는 운반꾼의 이야기를 즐겨 주시면 감사하겠습니다.

그리고 여기부터는 선전입니다만 이 1권이 나올 즈음 본 작품을 원작으로 한 만화가 쇼카쿠칸의 만화 어플『망가완』에서 연재를 시작했습니다. 개시일은 1월 27일입니다. 우라선데이, 니코니코세이가에서도 읽을 수 있습니다.

만화판 작가는 유키지 님.

이번 작품에 있었던 여러 장면들을 코미컬라이즈 해 주셔서 정말 재미있게 만들어졌습니다. 거기다가 여러 자극적인 장면도 그려 주셨습니다……!

재미있으니 부디 만화판도 읽어 주시면 감사하겠습니다!

마지막으로 감사 인사를.

일러스트레이터 이즈미 사이 님. 멋진 캐릭터들의 일러스트를 그려 주셔서 감사합니다! 약동감 넘치는 그림을 볼 때마다 의욕이 올랐습니다.

담당 편집자 타바타 님, 가가가 문고 편집부 여러분. 여러 가지로 도와주셔서 정말 감사합니다!

신도샤의 디자이너 님. 멋진 디자인을 해 주셔서 감사합니다!

그리고 여기까지 읽어 주신 독자 여러분에게도 진심으로 감사합니다.

정말 감사합니다!

또 다음 권에서 뵙겠습니다.

그럼 이만.

2017년 내뱉는 숨이 하얗게 될 정도로 추운 한겨울
아마우이 시로이치

팡

도르트 카우프만

마리온 후베루주

악셀 그란츠

운송주머니

뒤 　 앞

바젤리아 하이드란티아

character design

최강 직업 (용기사)에서 초극하 직업 (운반꾼)이 되었는데, 어째서인지 용사들이 의지합니다

캐릭터 디자인

SAIKYOSHOKU RYUKISHI KARA SHOKYUSHOKU HAKOBIYA NI NATTANONI,
NAZEKA YUSHATACHI KARA TAYORARETEMASU 1
by Shiroichi AMAUI
©2018 Shiroichi AMAUI Illustrated by Sai IZUMI
All rights reserved.
Original Japanese edition published by SHOGAKUKAN.
Korean translation rights in Korea arranged with SHOGAKUKAN
through Shinwon Agency Co

최강 직업에서 초급 직업이 되었는데, 어째서인지 용사들이 의지합니다 1

2018년 12월 15일 1판 1쇄 발행
2019년 3월 15일 1판 2쇄 발행

저　　　자 아마우이 시로이치
일 러 스 트 이즈미 사이
옮 긴 이 정명호
발 행 인 유재옥
본 부 장 조병권
담당편집자 조찬희
편　　　집 강혜린 김다솜 김민지 김혜주 이문영 박은정 정영길 조찬희
라이츠담당 오유진 박선희
디 지 털 박지혜 최민성
인쇄제작처 코리아피앤피
발 행 처 ㈜소미미디어
등　　　록 제2015-000008호
주　　　소 서울시 마포구 토정로222, 403호 (신수동, 한국출판콘텐츠센터)
판　　　매 ㈜소미미디어
마 케 팅 한민지 한주원
전　　　화 편집부 (070)4164-3962, 3963 기획실 (02)567-3388
　　　　　판매 및 마케팅 (070)4165-6888, Fax (02)322-7665

ISBN 979-11-6389-058-4
ISBN 979-11-6389-057-7 (세트)